KB121201

로크미디어가
유혹하는
재미있는 세상

ROK
MEDIA
로크미디어

하북평가
검술천재

하북팽가 검술천재 7

2022년 9월 15일 초판 1쇄 인쇄
2022년 9월 20일 초판 1쇄 발행

지은이 이도훈
발행인 김정수 강준규

기획 이기헌 왕소현 박경무 강민구 조익현
책임편집 주현진
마케팅지원 이원선

발행처 (주)로크미디어
출판등록 2003년 3월 24일
주소 서울시 마포구 성암로 330 DMC첨단산업센터 318호
Tel (02)3273-5135 **편집** (070)7860-2726 **Fax** (02)3273-5134
홈페이지 rokmedia.com **E-mail** rokmedia@empas.com

© 이도훈, 2022

값 8,000원

ISBN 979-11-354-8037-9 (7권)
ISBN 979-11-354-7650-1 04810 (세트)

이도훈 신무협 장편소설

하북팽가
검술천재

7

차
례

팔이 너무 안으로 굽으면?

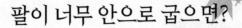

한빈의 눈동자에 황보견우의 표정이 비쳤다.

마치 터져 나오려는 웃음을 참는다는 듯 슬쩍 올린 입꼬리가 파르르 떨렸다.

그것은 마지막까지 한빈을 옭아 넣을 수 있다는 자만임이 분명했다.

한빈은 승부를 받아들이겠다는 듯 무표정하게 고개를 끄덕였다.

이번에는 상대를 용서할 생각이 없었다.

만약 전생 귀검대 대주로서의 기억이 없었다면 꼼짝없이 당할 상황이었다.

여기서 무력으로 적을 제압한다고 해도 무림 공적으로 낙

인찍히기 마련이었다.

지금 이 위협을 피할 수 있었던 것은 전생에 한빈도 이런 식으로 상대를 옭아 넣은 적이 있기 때문이었다.

사실 상대를 함정에 빠뜨리려고 작정만 한다면 방법은 수천, 아니 수만 가지가 넘었다.

이렇게 대비할 수 있었던 것에는 운도 따랐다.

송경운이 숙소를 안내하며 깃발의 색을 말하지 않았다면 해결 방법은 다소 달라졌을 수도 있었다.

하지만 그가 색약증이라는 것을 안 뒤 대처 방법이 수월해진 것이다.

한빈의 무표정한 모습이 눈에 거슬렸는지 황보견우는 다소 흥분한 듯 걸어왔다.

씩씩대며 다가온 그는 한빈의 곁을 지나며 말했다.

"뭐든 걸지."

"나는 그걸 정하자는 이야기야. 대공자는 무엇을 걸 것인가?"

"네가 원하는 건 다 걸지!"

"그럼 일단 서명부터 하고……."

황보견우가 한빈의 말을 잘랐다.

"그건 생략하지. 이 정도의 증인이면 계약서는 필요 없을 듯하군."

말을 마친 황보견우가 콧김을 뿜으며 시녀의 시체가 있는 정자 쪽으로 걸어갔다.

한빈이 주변을 둘러보며 말했다.

"그 증거, 저도 보고 싶군요. 확인하고 싶은 분은 모두 저를 따르시죠."

한빈이 천천히 황보견우의 뒤를 쫓자 모두가 정자를 향해 걸었다.

그때였다.

한빈은 고개를 갸웃했다.

뒤쪽에서 태산과 같은 기세가 느껴졌기 때문이었다.

자세히 집중해 보면 태산이 아니라 해일과도 같은 기세였다.

모두가 그 기세에 몸을 움찔할 때였다.

기세의 주인이 사자후를 외쳤다.

"그만하거라!"

한빈은 눈매를 좁혔다.

그 목소리는 자신이 허장성세를 사용해 지르는 사자후에 버금갔기 때문이다.

뭐지?

고개를 갸웃하는 순간 사자후의 주인공은 한빈을 지나쳐 정자 앞까지 다다랐다.

그러고는 황보견우를 막아섰다.

동시에 황보세가 식솔 모두가 외쳤다.

"가주님을 뵈옵니다!"

그 외침에 한빈은 눈매를 좁혔다.

황보만청이라?

그는 한빈의 전생 기억에 있는 황보세가의 가주였다.

황보만청은 어이가 없다는 표정으로 황보견우를 바라봤다.

"지금 무엇을 하는 것이냐?"

"저는……."

황보견우가 움찔하며 말끝을 흐리자 황보만청은 눈썹을 꿈틀댔다.

"대공자가 어린아이가 하는 장난이나 하라고 앉혀 놓은 자리더냐?"

"아, 아버님."

황보견우의 목소리가 살짝 떨렸다.

"너는 가주의 자리가 놀고먹는 자리라 생각했느냐?"

"그게 무슨 말씀이신지요? 아버님."

"모든 것을 보고 있었다."

의미심장한 말이었다.

하지만 그것이 무엇을 뜻하는지는 알 수 없었다.

어디에서부터 보았다는 것인지?

무엇을 보았다는 것인지?

모두가 호기심에 눈을 빛내고 있을 때, 말을 마친 황보견우가 천천히 정자로 걸어갔다.

그러고는 바닥에 떨어진 단검을 주웠다.

그 모습에 황보견우가 외쳤다.

"아버님, 그것은 증거……!"

"그만하라고 하지 않았느냐!"

가주 황보만청은 단검을 손으로 슥 문질렀다.

동시에 단검에 묻은 피가 송글송글 황보만청의 손끝에 모였다.

단검을 훑고 지나간 황보만청의 손가락 끝에 피가 회전하며 동그랗게 모였다.

핏빛 구슬이 손가락 끝에서 휘도는 모습에 모두가 침을 삼키고 있을 때.

황보만청이 손가락을 가볍게 튕겼다.

툭.

핏빛 구슬이 된 핏덩이가 저 멀리 연못 속으로 떨어졌다.

팡!

순간 거대한 물줄기가 연못의 사방으로 퍼졌다.

마치 연못 위에 난을 그려 놓은 듯한 형상이 잠시 이어졌다.

그 모습에 모두가 입을 벌렸다.

그야말로 압도적인 무위.

하지만 한빈은 고개를 갸웃하며 턱을 어루만졌다.

그가 보여 준 경지는 분명 화경, 그중에서도 이 경 혹은 삼경이었다.

전에 맞섰던 잔혈마도보다 고수이며 지금 막 화경에 들어선 하북팽가의 가주, 팽강위보다 한 수 위라는 이야기였다.

저 정도의 무위를 숨기고 있었다고?

이것은 전생과 현생을 통틀어 처음 알게 된 사실이었다.

말도 안 되는 광경에 모두가 깜짝 놀랄 때 황보만청이 날이 선 목소리로 말했다.

"이 단검을 증거라 하려 했느냐?"

"그러니까……."

황보만청의 날 선 목소리 때문인지 황보견우의 목소리가 햇볕을 본 두더지처럼 기어들어 갔다.

그 모습에 황보만청은 기세를 피웠다.

"정확하게 말을 해 보거라."

"네, 맞습니다. 분명 증거가 맞습니다."

황보견우가 재빨리 표정을 수습하고 답했다.

그 모습에 황보만청이 눈을 가늘게 떴다.

"이 단검이 누구의 것인지 잘 보거라."

황보만청은 황보견우의 눈앞에 핏자국이 지워진 단검을 내밀었다.

황보견우가 당당한 표정으로 말을 이었다.

"그야 당연히 하북팽가의……."

하지만 단검에 새겨진 글자를 읽는 순간 황보견우는 말을 잇지 못했다.

황보견우의 시선은 단검에 새겨진 한 글자에 멈췄다.

황(黄).

파르르 떨리는 황보견우의 눈동자.

그것도 잠시, 황보견우의 시선은 답을 찾기 위해 분주히 움직였다.

하지만 정답을 찾기에는 그의 지혜가 미치지 못했다.

이 단검은 분명 한빈의 숙소에서 가져온 것이었다.

그런데 그게 어떻게 황보세가의 것일 수 있단 말인가?

물론 자신의 눈으로 본 것은 아니지만, 계속 보고를 받았기에 확신하고 있었다.

그렇다면 수하 중 첩자가 있단 말인가?

혹시 동생 황보영우가 배신자?

한없이 흔들리던 황보견우의 눈동자는 단검이 부러지는 소리에 멈췄다.

탕!

경쾌한 소리가 정자 주변에 울려 퍼졌다.

황보만청은 부러진 단검을 황보견우의 앞에 던졌다.

팅!

단검은 청강석에 박혔다.

부르르 떠는 단검의 진동이 멈출 때쯤 황보만청이 말을 이었다.

"남의 칼을 뺏으려고 마음먹었다면 자기 칼이 빼앗길 수 있다는 것도 예상을 했어야 하지 않겠느냐?"

말을 마친 황보만청이 힐끔 한빈 쪽을 바라봤다.

시선이 마주친 한빈은 이전에 황보만청이 한 모두 봤다는 말이 무엇을 뜻하는지 알 수 있었다.

황보견우의 행동뿐 아니라 한빈의 행동도 지켜보고 있었다는 말이었다.

문제는 한빈도 기척을 느끼지 못했다는 것에 있었다.

이제껏 감시만 했지 당해 본 적이 없는 한빈이었다.

갑자기 하룻강아지가 된 기분에 한빈이 씁쓸하게 웃었다.

그 웃음을 본 황보만청이 말했다.

"이 정도에서 멈출 수 없겠는가?"

"……."

한빈이 아무 말 없이 황보만청을 바라봤다.

자신을 힘으로 누를 수 있는 자였다.

그런 고수가 지금 양해를 구하고 있다.

한빈은 뭔가 생각난 듯 힐끔 쓰러진 시녀의 시체를 바라봤다.

모두가 한빈의 시선을 따라 시녀의 시체를 향해 고개를 돌렸다.

모두의 시선이 모이자 한빈이 말했다.

"제 누명은 이쯤 해서 벗겨진 것 같지만, 억울하게 세상을 떠난 생명은 어떻게 합니까? 저는 그 범인을 밝혀내야 할 것 같습니다."

"흠."

황보만청은 헛기침하며 시녀의 시체를 바라봤다.

그러고는 한빈을 다시 한번 보고는 쓴웃음을 지었다.

이 정도의 무위를 보여 줬으면 분명 물러설 만도 했다.

그런데 한빈은 사냥개처럼 물고 놓지를 않는 것이었다.

얄미우면서도 한편은 하북팽가의 가주가 부럽다는 생각을 하는 그였다.

"마지막까지 벗기겠다는 것이군. 고얀 놈."

"무슨 말씀을 하시는 건지 모르겠습니다."

한빈이 딴청을 부리듯 고개를 흔들었다.

"됐다!"

황보만청은 슬쩍 손을 저으며 시녀의 시체를 향해 손가락을 튕겼다.

가만 보니 그의 손에서 검은색 바둑알이 튕겨 나갔다.

획!

검은색 바둑알은 시녀의 턱을 찍었다.

소리에 비해 타격음은 부드러웠다.

탁!

순간 시녀의 얼굴이 살짝 벗겨졌다.

그 벗겨진 틈으로 황보만청은 시녀의 피부를 뜯었다.

쫘악!

여기저기서 비명이 튀어나왔다.

황보만청이 벗겨 낸 피부를 들어 보두에게 보여 줬다.

그런데 이상한 일이었다.

황보만청이 들고 있는 것은 누가 봐도 사람이 만든 물건이었다.

황보만청이 아무렇지도 않게 말했다.

"이것은 인피면구다."

황보만청의 목소리가 정자에 울렸다.

그 여운이 끝나기도 전에 시녀가 죽은 줄 알았던 사람들이 웅성대기 시작했다.

"인피면구라고?"

"시녀가 죽은 게 아니었어?"

"저건 대체 뭐지?"

고개를 갸웃하던 이들의 시선이 모두 황보견우를 향했다.

"설마……."

"그 설마가 맞는 것 같은데."

"그럼 우리 대공자님이 모함을……."

"그런데 저 시체는 뭐지?"

여기저기서 추측이 흘러나올 때 한빈이 말했다.

"얼굴을 보니 죽은 지 이틀은 되어 보이는군요. 냄새는 향 낭과 약물로 교묘하게 가렸고요."

"이제 만족하는가?"

"어디선가 사 온 시체군요. 시녀의 살인에 대해서 더 추궁할 생각은 없습니다."

그러자 가주 황보만청이 낮은 목소리로 외쳤다.

"오늘 살인은 없었다!"

"……."

모두는 아무 말 없이 황보만청을 바라봤다.

그가 다시 외쳤다.

"이 일은 불문에 부치고 지금부터 하북팽가의 사 공자와 독대할 테니 모두 밖으로 물러나거라!"

황보만청의 목소리는 작았지만, 모두의 귀에 송곳처럼 박혔다.

그들은 조용히 포권하며 물러났다.

이제 남은 것은 적혈맹호대와 설화 그리고 집법당주 황보서현이었다.

한빈이 말했다.

"제 사람도 물릴까요? 가주님."

"그건 자네 마음이지."

황보만청의 말에 한빈이 턱짓했다.

신호를 받은 소대섭이 적혈맹호대에 작은 목소리로 지시를 내렸다.

모두가 빠져나가자 설화도 낮은 목소리로 한빈에게 말했다.

"저도 나가 볼게요, 공자님."

한빈이 막 고개를 끄덕이려는 순간.

황보만청이 설화를 보며 눈을 빛냈다.

"너는 남아도 좋다."

"저는 괜찮다고요?"

설화가 눈을 가늘게 뜨며 묻자 황보만청이 마치 기특하다는 듯 답했다.

"그래, 너는 남아도……. 아니 남아 있거라. 나도 집법당주를 이 협상의 증인으로 세울 테니, 너는 하북팽가 측의 증인이 되어라."

황보만청의 말에 한빈이 설화를 보며 고개를 끄덕였다.

설화가 고개를 갸웃하며 한빈의 오른쪽에 섰다.

한빈은 황보만청의 눈을 바라봤다.

잠시 하늘을 올려다본 그의 눈빛에 하늘의 구름이 비친다.

그 구름의 수만큼이나 많은 계산이 그의 머릿속에서 떠도는 것을 한빈은 알고 있었다.

가문에 대한 명예.

자식을 지키고 싶은 마음.

그리고 외부인인 하북팽가를 견제하는 마음마저 말이다.

한빈은 지금 자신이 먼저 말을 꺼내야 함을 알고 있었다.

"원래 팔은 안으로 굽는 법이죠."

"이해해 주니 고맙네."

"그런데, 너무 안으로 굽으면 부러지게 마련입니다."

"험. 이 일을 무마하는 조건으로 무엇을 원하는가?"

"저는 아무 욕심 없습니다."

"거짓말이군."

"어떻게 아셨습니까?"

"평생 상대의 수를 파악하기 위해 불철주야 노력하던 나네. 절대 내 눈은 못 속이지."

한빈이 고개를 끄덕였다. 그는 바둑 이야기를 하는 것이 분명했다.

"그럼 제가 원하는 것을 주시지요."

"내놓게."

"뭘 말입니까?"

"오행 패에 당장 서명해 주겠네."

"그건 필요 없습니다."

"필요 없다라……."

"저는 가주님이 진심으로 저를 지지해 줄 것을 원합니다."

"너무 추상적인 것 아닌가? 듣던 것과는 딴판이군."

"물질적인 손해는 본인에게 청구할 예정입니다."

"본인이라면?"

"왜 모른 척하십니까? 가주님."

"알았네. 그건 알아서 하고. 내가 지지해 준다는 것을 어떻게 증명해 주면 되겠나?"

"뭐, 바둑 한 판 하시면서 얘기하시는 것이 어떻겠습니까?"

"바둑이라……."

"바둑알은 제가 준비했으니 바둑판만 준비하면 될 것 같습니다."

한빈은 품 안에서 가죽 주머니를 꺼냈다.

그것은 심미호에게 건네받은 물건이었다.

한빈이 정자 위 탁자에 가죽 주머니를 내려놓자 묘한 소리가 났다.

철그렁.

그 소리에 황보만청이 고개를 갸웃하자, 한빈이 손을 넣어 가죽 주머니 속 물건 몇 개를 꺼내 탁자 위에 올려놨다.

데구루루.

탁자 위에서 흔들리는 물체를 본 황보만청이 호기심 가득한 목소리로 물었다.

"그건 바둑알이 아닌가?"

"네, 맞습니다."

한빈의 대답에 황보만청이 눈을 빛냈다.

그는 아무 말 없이 바둑알 하나를 잡았다.

순간 느껴지는 한기.

황보만청의 눈이 커졌다.

하루도 바둑알을 손에서 놓은 적이 없었지만, 이런 느낌은 처음이었다.

마치 검신을 만지는 듯한 감각이 손끝을 타고 흘러들어 왔다.

바둑알을 손끝에서 놀리던 황보만청이 물었다.

"그런데 대체 무엇으로 만든 것인가?"

조금 전 일어났던 사건을 잊은 듯 황보만청의 목소리에는 호기심이 가득했다.

한빈이 검은 돌을 가리키며 말했다.

"검은빛이 도는 흑철에 무쇠보다 단단한 물질을 섞었습니다."

"혹시……."

"네, 그 혹시가 맞습니다. 흔히 묵철이라 부르는 놈이죠."

"묵철이라……. 그러면 이 흰색 돌은 묵철에 은을 섞은 것인가?"

"네, 맞습니다. 확실히 안목이 높으시군요."

"험, 묵철로 만든 바둑알은 처음 보는군."

"저도 처음 만들어 봤습니다."

"허허. 묵철이라면 다루기 힘들 텐데 누구에게 부탁을 했는가? 그런 장인이라면 나도 탐이 나는군."

"그건 제 영업 비밀입니다, 가주님."

"오호라. 거래처도 자네의 숨겨 둔 한 수 중 하나라는 건가?"

"대충 그렇습니다."

한빈이 어색하게 웃자 황보만청이 눈을 가늘게 떴다.

"그럼 이것을 내게 보여 주는 이유가 뭔가?"

"아까 말씀드리지 않았습니까? 어르신과 대국을 하며 얘기를 마저 끝내고 싶습니다."

"그럼 바둑판을 내오라 하겠네."

"저는 이 바둑알에 맞는 바둑판을 원합니다."

한빈이 묵철로 만든 바둑알을 가리켰다.

"흠."

황보만청이 수염을 쓸어내리며 한빈을 바라봤다.

그는 고민에 빠진 듯 잠시 머뭇거렸다.

마땅히 생각나는 바둑판이 없는 것 같았다.

그 모습에 한빈이 바둑알을 쓸어 담았다.

쓱.

황보만청이 놀란 듯 물었다.

"바둑알은 왜 다시 쓸어 담는 것인가?"

"아무래도 대국을 할 마음이 없으신 것 같아서 말입니다."

"험, 알았네. 알았어."

"마땅한 바둑판이 있습니까?"

"그래, 있네. 정확히는 바둑판이라고 할 수는 없지만……."

황보만청이 살짝 말끝을 흐리자 한빈은 사람 좋은 얼굴로 답했다.

"이 바둑알과 어울리는 곳이라면 어디든 좋습니다."

"그럼 내 식사 후 준비하겠네."

"기다리고 있겠습니다."

"그런데 말이네."

황보만청이 힐끔 한빈의 뒤쪽을 바라봤다.

한빈이 고개를 갸웃하며 물었다.

"저 아이는 자네의 시녀인가?"

"네, 맞습니다. 왜 그러시죠? 가주님."

"내 잠깐 몇 가지 물어봐도 되겠는가?"

"마음대로 하시죠."

한빈은 자리에서 일어나 슬쩍 옆으로 비켜섰다.

순간 황보만청과 설화가 마주 보고 있는 상태가 되었다.

황보만청이 활짝 웃으며 설화를 바라봤다.

"가만 보니 일을 잘하더구나. 아이야."

"……."

설화는 무슨 말인 듯 모르겠다는 듯 고개를 갸웃했다.

그 모습이 더 마음에 든다는 듯 황보만청이 미소를 머금고 말을 이었다.

"달에 은자 열 냥 어떠하냐?"

"……"

설화가 고개를 갸웃하자 황보만청이 마치 마음씨 좋은 동네 할아버지처럼 편안한 표정으로 말을 이었다.

"달에 은자 열 냥이면 내 밑에서 일해 보겠는가? 가만 보자니 하북팽가에 얽매인 것 같지는 않고."

황보만청의 말에 옆에 서 있던 한빈은 쓴웃음을 삼켰다.

아무래도 설화의 움직임까지 지켜본 모양이었다.

설화는 누구도 눈치채지 못하게 검을 바꿔치기하고 모두를 미행하며 동선을 파악했다.

그 모든 것을 지켜봤다면 설화의 실력을 탐내는 것은 당연할지도 몰랐다.

황보만청이 기대에 부푼 얼굴로 답을 기다리자 설화가 말했다.

"싫은데요."

설화가 고개를 저었다.

황보만청이 눈썹을 꿈틀했다.

그것도 잠시 황보만청이 환하게 웃으며 다시 말했다.

"그럼 은자 스무 냥은 어떠냐?"

"싫은데요, 할아버지."

조금의 망설임도 없이 설화가 답하자 황보만청이 한숨을

내쉬었다.

"휴."

그 한숨 소리가 끝나기도 전에 설화가 옆을 보며 말했다.

"배고파요, 공자님."

설화가 뒤쪽으로 슬며시 빠지자 한빈이 다시 황보만청의
앞에 섰다.

"설화가 배고프다고 합니다. 그럼 저희는 이만 가 보겠습
니다."

"허허, 그리하게."

"그러면 식사 후 뵙겠습니다."

"내 자네에게 마지막으로 하나만 묻겠네."

"말씀하시지요, 가주님."

"저 아이의 이름이 설화라고 했지. 대체 얼마나 주고 고용
한 아이인가?"

"일주일에 당과 세 개입니다."

"……."

황보만청은 아무 말 없이 한빈을 바라봤다.

한빈은 마지막으로 포권한 뒤 황보만청의 시야에서 사라
졌다.

한빈이 완전히 사라지자 황보만청이 옆을 힐끔 바라봤다.

그곳에는 황보서현이 있었다.

"동생, 지금 내가 잘못 들은 건 아니지?"

"정확히 들으신 게 맞아요, 가주 오라버니."

"어이가 없군, 내 은자 스무 냥이 당과 세 개에 씹히다니!"

"씹히는 게 뭡니까? 체면을 지키시죠. 그리고 정확히는 당과 세 개가 아니죠."

"지금 세 개라 하지 않았나?"

"일주일에 세 개니 달로 치면 열두 개가 넘어요. 계산은 정확히 하셔야죠."

"역시 집법당주다워. 대단해."

"그게 무슨 말이에요? 오라버니."

"계산이 정확하다는 이야기야."

"칭찬으로 듣죠."

"그럼 나도 계산 하나 마무리 짓겠네."

"무슨 계산이요?"

"오늘 일에 내가 나서게 만들었으니 집법당의 예산을 올려 주겠다는 약속도 없던 걸로 하지."

"아, 가주 오라버니! 남아일언 중천금이라는 말도 있잖아요. 무슨 가주가 변덕이 죽 끓듯 말을 바꿔요?"

"나는 남자이기 전에 가주일세. 가주에 남녀가 무슨 상관인가? 가문의 이익만 남으면 되지."

"너무하시네요."

"나는 여기 남아서 생각 좀 할 테니 동생은 나머지 일을 마무리 짓게. 하는 거 봐서 올려 주도록 하지."

"무슨 생각을 하시게요?"

"가장 중요한 것은 아들놈 팔을 지키는 것일세. 그리고 나서 다음 일을 생각해 봐야 하지 않겠나?"

"그럼 차라리 팽가의 넷째를 제압해서 약속을 받아 내시지……."

황보서현은 말끝을 흐렸다.

막상 말은 했지만, 내키지 않았기 때문이었다.

심상치 않은 한빈의 첫인상 때문인지 황보서현도 그가 자신의 친동생 같았다.

갈피를 못 잡는 황보서현의 표정을 본 황보만청이 웃었다.

"동생은 놈을 너무 만만히 봤군."

"만만히 보다니요? 전 그런 적 없는데요."

"놈을 이길 수는 있어도 잡을 수는 없어. 죽일 수는 있어도 굴복시킬 수는 없고."

"그게 무슨 말씀이에요?"

"나도 비밀일세."

황보만청은 한빈이 사라진 자리를 그윽한 눈으로 바라봤다.

그가 한 말은 진심이었다.

숨겨 둔 수가 제법 있어 보이지만, 자신의 경지를 뛰어넘을 수는 없는 법.

무력으로는 자신의 경지를 뛰어넘기에 한참 부족해 보였다.

하지만 한빈의 경공이 문제였다.

도망치기로 마음먹는다면 강북에서 한빈을 잡을 자는 아무도 없을 것만 같았다.

그것이 한빈을 지켜보고 내린 결론이었다.

잠시 상념에 잠긴 황보만청을 황보서현의 목소리가 깨웠다.

"제가 보기에는 초절정 정도로 보이던데 오라버니가 감탄할 만큼 그렇게 대단한 건가요? 물론 내공을 다루는 솜씨는 남달랐지만요."

황보서현이 고개를 갸웃하자 황보만청이 웃었다.

"하하, 진짜 높이 평가해야 할 것은 놈의 발과 입이지."

"발과 입이요?"

황보서현이 눈을 가늘게 뜨며 고개를 갸웃했다.

잠시 둘 사이에는 침묵이 이어졌다.

그 침묵이 어색해질 때쯤 황보만청이 뭔가 생각났다는 듯 손뼉을 쳤다.

짝!

그 소리에 놀란 황보서현이 물었다.

"오라버니, 갑자기 손뼉은 왜 치세요?"

"우리 가문에 저놈과 어울릴 만한 아이가 있던가?"

"그게 무슨 말이에요?"

"아니다. 내가 직접 알아봐야겠군."

황보만청이 환하게 웃으며 자리에서 일어났다.

팔짱을 낀 황보만청은 잠시 하늘을 올려다봤다.

그러고는 하늘 위에 선을 그려 봤다.

황보만청은 그렇게 그린 가상의 바둑판 위에 돌을 하나씩 얹어 봤다.

그중에는 흰색과 검은색 돌뿐 아니라 붉은색 돌도 있었다.

물론 그 돌은 한빈이었다.

한빈과 황보만청이 다시 만난 것은 그로부터 두 시진 후였다.

황보만청이 안내한 곳은 황보세가의 전각과 뒷산을 잇는 동굴이었다.

동굴 입구의 천장에는 종유석이 고드름처럼 매달려 있었으며 내부에는 한기가 맴돌았다.

한빈이 동굴 입구를 쓱 훑어보고는 말했다.

"제가 찾던 바둑판과는 거리가 좀 먼 것 같습니다, 가주님."

"보고 나면 실망하지 않을 터이니 마음 놓게."

"꼭 인질로 끌려가는 느낌인데, 제 착각이겠죠?"

"표정을 보니 두려움은커녕 호기심만 가득한데 내가 잘못 본 것인가?"

"잘 보셨습니다."

"말투를 보아하니 내가 이리로 데려오리라는 걸 알았다는 것 같군."

"가주님을 속이지는 못하겠습니다. 황보세가에서 가장 신기하다는 곳에 대해 들은 적이 있습니다."

"그럼 잘됐군. 직접 확인해 보게."

황보만청이 앞쪽의 문을 가리켰다.

그곳에는 철문이 동굴을 가로막고 있었다.

한빈은 눈매를 좁혔다. 두께조차 가늠이 안 되는 철문이었다.

아마 저 너머에 한빈이 찾는 곳이 있을 것이다.

한빈이 어색하게 웃으며 답했다.

"보기만 해도 힘이 빠지네요. 저는 가주님의 뒤를 따르겠습니다."

"마음대로 하시게나."

황보만청은 철문의 앞으로 다가가 철문에 파인 홈을 잡았다.

황보만청은 아무렇지도 않게 철문을 옆으로 밀었다.

그 모습에 한빈은 입맛을 다셨다.

아무렇지 않게 여는 것처럼 보여도 황보만청의 발은 바닥을 한 뼘 이상 파고들어 갔기 때문이다.

열린 문의 틈 사이로 커다란 공간이 보였다.

마치 연무장 하나를 옮겨 놓은 듯한 공간이었다.

황보만청이 그 공간을 가리키며 웃었다.

"하하, 이 정도면 되겠나?"

"……."

한빈은 아무 말 없이 철문 뒤 공간을 바라봤다.

바닥에는 선이 그어져 있었다.

정확히 바둑판처럼 가로 열아홉 줄, 세로 열아홉 줄의 선
이었다.

한빈의 표정을 본 황보만청이 천천히 선이 그려진 바닥의
중앙으로 걸어갔다.

터벅터벅.

동굴이라서 그런지 묘한 울림이 전해졌다.

같이 중앙에 선 한빈이 말했다.

"천원에 섰군요."

"맞네, 여기가 천원이지."

황보만청이 살짝 발을 굴렀다.

퉁!

황보만청이 가리킨 곳에는 굵은 점이 찍혀 있었다.

바둑판으로 치면 여기가 정중앙인 천원이었다.

한빈은 주위를 둘러봤다.

천원을 중심으로 일정한 간격으로 여덟 개의 화점이 찍혀

있었다.

바둑판이 맞았다.

전생에 한빈은 이곳에 온 적이 있었다.

물론 마교의 습격 이후 조사하기 위해서 왔었다.

하지만, 그때 이곳은 알아볼 수 없을 정도로 훼손되어 있었다.

누군가가 강호의 곳곳에 흔적을 남겨 놓았고 누군가는 그것을 훼손했다면?

일단 미리 취하는 것이 맞았다.

적이 훼손할 정도로 신경 쓰이는 물건이라면 한빈에게는 이득이 분명하니 말이다.

그런 이유로 한빈은 이곳에 오려 했다.

원래는 황보견우의 실수를 빌미로 이곳에 들어오려 했지만, 황보만청의 등장으로 더 편하게 발을 디딜 수 있었다.

이곳에는 과연 어떤 비밀이 숨겨져 있을까?

이제부터 알아봐야 했다.

한빈은 품에서 주머니를 꺼냈다.

"여기 있습니다, 가주님."

한빈이 전한 주머니 속에는 흑빛이 감도는 돌이 있었다.

"고맙네. 돌을 나눠 놨군. 그런데 나보고 흑돌을 잡으라는 이야기인가?"

황보만청이 어이없다는 듯 웃자 한빈이 품에서 주머니 하나를 꺼냈다.

"네, 평생 하얀 돌만 잡아 보셨으니 이제는 검은 돌도 한번 잡아야 하지 않겠습니까?"

말을 마친 한빈은 재빨리 용린검법의 초식을 떠올렸다.

'백발백중.'

'일촉즉발.'

한빈이 잡은 백색 돌에 푸른 기운이 일렁이자 황보만청은 호기심 가득한 눈으로 물었다.

"여기에서 그냥 두자는 말인가?"

"네, 맞습니다. 천중을 떠나면 영원히 못 돌아올 것 같으니 여기서 두겠습니다."

이것은 한빈의 진심이었다.

한빈은 이것이 기관진식이라는 것을 알고 있었다.

기관진식은 태풍과 같다.

전생에 한빈의 친우가 해 줬던 말이 있다.

태풍이 불어온다면 가장 안전한 곳은 과연 어디일까?

태풍에서 멀리 떨어져 있다면 좋겠지만, 가까이 있다면 가장 안전한 곳은 바로 가장 가운데일 것이다.

즉, 태풍의눈을 말하는 것이다.

이곳 바둑판 위에서는 바로 천중이고 말이다.

전생에 왔을 때는 이미 망가진 후였지만, 지금은 기관이 살아 있는 상태였다.

한빈의 표정을 본 황보만청이 어이없다는 듯 웃었다.

"허허, 자네가 겁을 낸다고?"

이것은 그의 진심이었다.

황보만청이 보기에 누구보다 치밀하고 누구보다 자신을 철저히 감추는 것이 한빈이었다.

그런데 겁이 난다 그러니 이해가 안 되었다.

그 웃음에 한빈이 넉살 좋게 웃으며 답했다.

"네, 저 원래 겁이 많습니다. 가주님."

"믿어지지 않는군."

"원래 겁이 많은 사람이 오래 사는 법입니다."

"그렇다고 치고, 그런데 정말 하얀 돌로 괜찮겠는가?"

"괜찮습니다. 그런데 문제가 하나 있습니다."

한빈이 손가락 하나를 펴자, 황보만청은 고개를 갸웃했다.

"무슨 문제인가?"

"제가 바둑의 규칙을 모릅니다. 그냥 제 규칙대로 둬도 되겠습니까?"

"모르면 내가 가르쳐 주지. 바둑에서 승부가 중요한 건 아니니 말이네."

"네, 감사합니다. 그럼 먼저 두시지요."

"그럼 두겠네."

고개를 끄덕인 황보만청이 손을 뻗었다.

획!

검은 돌이 우측 아래 화점에 정확히 꽂혔다.

마치 자석이 끌어당기듯 바닥이 검은 돌을 빨아들이는 모양새였다.

팅!

쇳덩이 부딪히는 소리가 울리자 한빈이 고개를 갸웃했다.

마치 커다란 종 안에 들어와 있는 느낌이 들었기 때문이다.

힐끔 고개를 돌려 황보만청을 바라보니 그도 신기하다는 듯 동굴 내부를 바라보고 있었다.

그것도 잠시 한빈이 백색 돌을 던졌다.

획!

팅!

다시 소리가 울렸다.

그것은 한빈의 바로 앞에서 들리는 소리였다.

한빈은 바로 앞에 돌을 던진 것이다.

그 모습에 황보만청이 고개를 갸웃했다.

자신이 귀퉁이에 있는 화점에 돌을 놓은 것은 상대를 배려해서였다.

하수를 가지고 놀 방법은 많았지만, 어린 후기지수를 놀릴 생각이 없었기에 최대한 정석대로 둔 것이다.

그런데, 한빈은 돌을 천중 근처에 둔 것이었다.

뭐지?

황보만청은 고개를 갸웃했다.

그때 한빈이 말했다.

"어서 두시지요."

"알겠네."

황보만청이 다시 돌을 던졌다.

좌측 아래 화점이었다.

하지만, 한빈은 다시 돌을 앞에 던졌다.

황보만청의 미간에 깊은 골이 파였다.

장난을 하자는 건지 바둑을 두자고 하는 건지 몰랐기 때문
이다.

한빈의 기괴한 행동은 계속 이어졌다.

팅, 팅.

한빈이 네 번째 놓은 돌을 본 황보만청이 물었다.

"지금 뭐 하자는 것인가?"

"제가 바둑판 위에서 하는 놀이는 오목밖에 몰라서요."

"오목이라……"

황보만청은 한빈이 놓은 돌을 바라봤다.

네 개가 나란히 바둑판의 중앙에 자리 잡고 있었다.

한빈이 말했다.

"같은 바둑판 위라도 서로의 생각이 다르다면 이런 이상한
결과가 나타나는 것 같습니다. 제가 이긴 겁니까?"

"흠."

황보만청은 자신의 주위를 둘러봤다.

분명 바둑판 위가 맞았다.

그때 한빈이 말을 이었다.

"그래서 협상이 필요한 것이지요."

"그러니까, 이 바둑판은 황보세가이고 이 돌은 자네와 나라는 것인가?"

"뭐, 비슷합니다. 저희는 하나의 원칙을 가지고 이야기를 해야 할 것 같습니다."

"하나의 원칙이라…….."

"네, 저는 가주님과 제게 공통으로 적용될 원칙을 가지고 이야기하고 싶습니다."

한빈의 말에 황보만청은 웃었다.

흔히 인생을 바둑판과 같다 한다.

바둑은 인생이면서 전쟁이었다. 저 어린 후기지수는 인생과 전쟁의 원칙이 서로에게 공평하게 적용되길 바라고 있는 것이다.

화경의 고수인 자신에게 이런 제안을 한다라?

당돌하게 느껴지면서도 왠지 기분이 좋았다.

황보만청이 나지막이 말했다.

"장강의 뒤 물결이 앞 물결을 밀어내는 게 당연하다고 했는가…….."

황보만청은 말끝을 흐리며 한빈을 바라봤다.

그 모습에 한빈이 말했다.

"가주님은 아직 앞 물결이 아니십니다. 이렇게 정정하시니 앞 물결을 밀어낼 뒤 물결이 맞지요."

"하하. 사람 기죽이는 기술만 있는 줄 알았더니 상대방의 기분을 맞춰 주는 재주도 있군."

"좋게 봐 주셔서 감사합니다. 그럼 이야기 전에 원칙부터 정하시지요."

"자네가 먼저 말해 보게."

"같이 얻은 것은 같이 나눴으면 좋겠습니다."

"하북팽가와는 강북 오대세가로서 늘 같이해 왔지. 그런데 자네가 하는 말은 그 원칙을 지키자는 말이 아닌가? 그렇다면 다시 약속을 할 필요는 없을 것 같네."

"하북팽가가 아니라 저와의 관계를 말씀드린 겁니다."

"가문 대 가문이 아니라 자네와 약속해 달라?"

"네, 그렇습니다"

"오호. 자신감이 넘쳐서 보기 좋군."

"젊으니까요. 그럼 이 대국으로 얻은 것은 나누는 겁니다, 가주님."

"약속하지. 나도 황보세가가 아니라 내 개인의 입장에서 자네와 약속하겠네."

"감사합니다."

"그럼 본격적으로 대국을 시작하겠나?"

"네."

"자네도 느꼈겠지."

"네, 느꼈습니다."

한빈이 고개를 끄덕였다.

그 모습에 황보만청이 희미한 웃음을 지었다.

한빈도 마주 웃었다.

이 동굴 자체가 거대한 기관의 일부인 것 같았다.

중요한 것은 바둑판 위의 위치에 따라 나는 소리가 다르다는 점이었다.

한빈과 황보만청은 그 소리에 따라 이 기관의 수수께끼를 풀어야 했다.

한빈과 황보만청은 조심스럽게 바닥 위에 돌을 놓기 시작했다.

팅, 팅.

돌 놓는 소리가 마치 악기 소리처럼 귓가를 간지럽혔다.

얼마나 지났을까.

황보만청이 말했다.

"알겠는가?"

"저는 잘 모르겠습니다."

한빈이 고개를 저었다. 이것은 반 정도는 사실이었다.

황보만청보다 바둑에 조예가 깊은 것도 아니었고 기관진

식에 있어서도 깊이 아는 것은 아니었다.

다만, 전생에 기억 덕분에 이렇게 보조를 맞출 수 있는 것이었다.

지금 한빈이 의지할 것은 경험과 숙련된 감각이었다.

그 감각이 지금 황보만청의 방법이 맞다고 말해 주고 있었다.

당황하지 않고 보조를 맞추는 한빈의 모습에 황보만청이 빙긋 웃었다.

"자네는 내가 말하는 곳에 동시에 돌을 놓으면 되네."

"알겠습니다."

황보만청이 돌을 던지며 외쳤다.

획.

"삼, 삼."

한빈이 재빨리 황보만청이 말한 바닥에 돌을 놓았다.

팅.

한빈이 눈을 가늘게 떴다.

황보만청이 돌을 놓은 곳과 한빈이 돌을 놓은 곳의 소리가 똑같았다.

순간 어디선가 이상한 소리가 들렸다.

드드득!

바닥이 흔들리기 시작했다.

황보만청이 말했다.

"계속하지. 칠, 십."

"네, 어르신."

휙.

팅.

"정확하군. 그 암기술은 대체 누구에게 배웠는가?"

"말해도 믿지 못하실 겁니다."

"그래도 말해 보게."

"독학했습니다."

"허."

"제가 말씀드리지 않았습니까? 말해도 믿지 못하실 거라고 말입니다."

한빈이 어색하게 웃었다.

한빈의 말은 진심이었다.

허공에 뜬 용린검법이 사부였으니까.

황보만청은 아직도 포기 못 했다는 듯 눈을 가늘게 뜨며 말했다.

"독학은 못 믿겠고 사천당가에서 배웠다고 하면 어느 정도 이해는 되겠군. 그런데 하북팽가에 사천당가가 기술을 전했다는 얘기는 못 들었는데……."

"어르신이 보기에도 사천당가의 암기술은 아니지 않습니까?"

"하긴, 그렇게 보이는군."

"계속하시죠, 어르신."

"이제부터는 네 곳을 동시에 찍어야 하네. 내가 두 곳, 자네가 두 곳. 할 수 있겠나?"

"네, 해 보겠습니다."

한빈이 고개를 끄덕였다.

백발백중 덕분에 손에 잡히는 것만큼은 정확한 곳에 꽂을 수 있는 한빈이었다.

두 개가 아닌 네 개를 한 번에 맞히라고 해도 관계없었다.

팅. 팅.

바닥에서 계속 소리가 울렸다.

얼마나 지났을까.

갑자기 동굴이 뒤틀리기 시작했다.

드드득.

바닥이 돌아가는 느낌이 들었다.

한빈은 황보만청의 눈을 바라봤다.

그도 이런 변화는 예상하지 못했다는 듯 눈을 크게 뜨고 있었다.

황보만청이 말했다.

"이번부터는 네 개의 점을 찍어야 하니, 내가 미리 불러 주고 숫자를 세겠네."

"알겠습니다."

"숫자를 세면……. 사, 오를 찍게. 하나, 둘, 셋!"

획!

팅.

……팅.

순간 바둑판 위에는 한빈과 황보만청이 놓은 돌로 가득 찼다.

동시에 그 어느 때보다 더 큰 소리가 바닥에서 울리기 시작했다.

드드득.

바닥이 천천히 돌아가다가 멈췄다.

툭.

한빈은 눈을 크게 떴다.

바닥이 돌다 멈추자 벽 한쪽에서 통로가 나타난 것이다.

한빈이 말했다.

"가시죠."

"……."

황보만청은 아무 말 없이 한빈을 바라봤다.

그 시선에 한빈이 고개를 갸웃했다.

"혹시 알았는가?"

"무엇을 말입니까? 가주님."

"이곳에 비밀 공간이 있다는 것을 말이네."

"그것을 제가 어떻게 알았겠습니까? 바둑 두다가 우연히 맞아떨어진 것뿐이죠."

"자네 사부가 홍칠개 어르신이라고 하던데 맞는가?"

"네, 맞습니다."

"혹시 자네, 구파일방의 숨겨 둔 고수가 아닌가?"

"아닙니다. 하북팽가의 막내가 맞습니다."

"허허, 아무리 우연이라지만, 이렇게 맞아떨어지니 내가 당황스럽군."

"일단 안쪽을 봐야 하지 않겠습니까?"

"그렇군. 내가 앞장서겠네. 위험할지 모르니 자네는 뒤로 물러나 있게."

"감사합니다, 어르신."

황보만청이 앞장서며 허리에 찬 검집을 잡았다.

한빈도 마찬가지로 뒤쪽을 경계하며 월아를 잡았다.

좁은 통로를 지나자 제법 넓은 공간이 나타났다.

통로를 지나며 살짝 긴장했지만, 다행히 아무 일도 일어나지 않았다.

공간을 둘러본 한빈이 물었다.

"황보세가에 이런 공간이 있었습니까?"

"나도 처음 보는 곳이라네. 아마도 자네의 도움이 없었으면 발견 못 했을 테지."

"설마요."

"자네가 아니라면 사천당가의 늙은이를 데리고 왔어야 통과했겠지."

황보만청은 한빈을 보며 씩 웃었다.

아마도 한빈의 백발백중 솜씨를 칭찬하는 것 같았다.

한빈도 알고 있었다.

황보만청이 문제를 푼 방식을 보아, 여러 명이 차례대로 돌을 정확히 던져 넣는다면 잠금 해제가 가능한 듯했다.

하지만 문제는 동굴 내부에 일정 수준 이상의 무게가 가해진다면 잠금이 풀리지 않는 방식이라는 점이었다.

이 때문에 돌을 던지는 이는 여러 명이 될 수 없었다.

많아야 셋이 이 기관진식을 풀어야 하는데, 이런 정확하고 빠른 솜씨를 가진 것은 사천당가밖에 없으니 황보만청의 말도 일리는 있었다.

앞에 널따란 공간은 또 다른 공간과 이어져 있었다.

모든 공간을 합친다면 커다란 미로에 있는 모양새가 되었다.

한빈과 황보만청이 세 번째 방을 지날 때였다.

어디선가 신음이 들려왔다.

끄응.

묘한 소리에 한빈이 발소리를 죽였다.

한빈은 힐끔 옆을 보며 황보만청에게 신호를 보냈다.

자신이 앞장서겠다는 말이었다.

그가 화경의 고수일지는 몰라도 은밀함에 있어서는 한빈

에게 비할 바가 안 되었다.

한빈은 재빨리 용린검법의 초식을 운용했다.

'전광석화.'

'구결십팔보.'

한빈이 바닥 스치는 소리와 함께 사라졌다.

사사—삭.

그 모습에 황보만청이 혀를 찼다.

멀리서 지켜보기는 했지만, 이렇게 가까이에서 보니 그 움직임이 표홀하기 그지없었다.

황보만청은 자신이 낯선 공간에 있다는 것도 잊은 채 한빈을 보며 주먹을 꽉 쥐었다.

'저놈에게 누굴 붙여 주는 것이 좋을까?'

미로처럼 된 공간에서 신음의 주인공을 찾기는 쉽지 않았다.

다행인 것은 미로의 중간에 어떤 함정도 없었다는 것이었다.

그때 다시 어디선가 소리가 들려왔다.

"끄응……."

한빈이 조심스럽게 미로를 가로질렀다.

소리가 점점 가까워지자 한빈은 속도를 줄였다.

동시에 심장이 뛰기 시작했다.

한빈의 앞쪽에 황보세가와 강북 오대세가를 뒤집어 놓을 무엇이 있을 것만 같았다.

대국

"끄응……."

바로 앞에서 다시 들려오는 기척에 한빈은 발길을 멈췄다.

한빈은 석벽에 몸을 바짝 대고 조심스럽게 방을 바라봤다.

순간 한빈은 고개를 갸웃했다.

눈앞에 누군가가 쓰러져 있기 때문이었다.

그의 주변은 핏물로 얼룩져 있었다.

그 핏자국을 따라 고개를 돌려 보니 한빈이 있는 곳까지
이어져 있었다.

상처를 입은 곳은 다른 장소.

그곳에서 이 방까지 몸을 끌며 피신을 했다는 말이었다.

누군가에게 쫓겨 이 방까지 왔다라?

상태를 보면 치명상을 입은 것 같았다.

한빈은 쉽사리 다가가지 못했다.

적인지 아군인지 아직은 구분이 안 되었던 것이다.

한빈이 눈매를 좁히고 있을 때였다.

뒤쪽에서 은밀한 발소리가 들려왔다.

한빈은 뒤도 돌아보지 않았다. 발소리의 주인공은 분명히 황보만청이었다.

한빈이 중간중간 남긴 흔적을 보고 찾아온 것이다.

황보만청이 한빈의 곁으로 다가오자 한빈이 낮은 목소리로 말했다.

"안쪽에 사람이 있습니다. 복장으로 봐서는 황보세가의 사람입니다."

"고맙네."

짧게 답한 황보만청이 안쪽을 살피기 시작했다.

스윽.

고개를 내민 순간 황보만청이 떨리는 목소리로 말했다.

"뒷모습이 마치 둘째와……."

황보만청은 말을 맺지 못하고 석실 바닥에 쓰러진 자를 향해 다급히 달려들었다.

타다닥.

한빈은 재빨리 손을 내밀어 그를 말렸다.

"어르신, 잠시만 기다리십시오."

탁.

그는 한빈이 내미는 손을 뿌리치고 쓰러진 사내에게 달려들었다.

아마 이것은 아비로서의 정일 것이다.

황보만청은 사내를 상세히 살피기 시작했다.

황보만청의 어깨가 파르르 떨렸다.

지금 쓰러져 있는 사내는 자신의 둘째 아들인 황보영우였다.

분명 오늘 아침까지만 해도 멀쩡했던 그였다.

그런데 피떡이 되어서 이런 곳에 쓰러져 있다니?

놀람도 잠시 황보만청은 그의 혈도를 찍었다.

픽! 픽!

피를 쏟고 있는 황보영우의 상처를 지혈하기 위함이었다.

황보만청은 벌어진 상처에서 흘러나오는 핏물이 줄어들기 시작하자 그를 일으켜 세웠다.

뒤쪽에서 황보만청을 바라보던 한빈은 눈을 가늘게 떴다.

분명 외모는 황보영우가 맞았다.

한빈은 조용히 가서 황보만청에게 급창약을 건넸다.

"어르신, 이걸로 처치하시는 것이 좋겠습니다."

"고맙네."

황보만청은 고개도 돌리지 않고 한빈에게 급창약을 받았다.

그는 뚜껑을 연 후 끈적이는 급창약을 황보영우의 상처에 펴 바르기 시작했다.

급창약이 벌어진 상처를 메우자 흘러나오는 피가 멈췄다.

응급처치를 끝낸 황보만청은 품에서 단약 하나를 꺼내 황보영우의 입 속에 밀어 넣었다.

쓰윽.

그러고는 황보영우를 자리에 앉혔다.

아직 말은 못 하지만, 지금의 처치 덕분에 황보영우는 겨우 앉아 있을 수 있었다.

황보만청은 지체 없이 그의 등에 손바닥을 대었다.

아무래도 지금 털어 넣은 단약은 황보세가의 영단인 것 같았다.

황보만청은 황보영우가 영단을 흡수하는 것을 도우려는 것이었다.

아니나 다를까 황보만청이 다급한 목소리로 외쳤다.

"호법을 부탁하네! 내 이 은혜는 잊지 않을테니."

"알겠습니다. 이건 나중에 셈하도록 하겠습니다."

말을 마친 한빈은 월아를 왼손으로 잡고 석실 입구에 섰다.

언제라도 발검하겠다는 듯 월아를 쓰다듬는 한빈은 다시 초식을 운용했다.

'전광석화.'

적이 나타나면 바로 베어 버리겠다는 것이었다.

✾

한빈이 호법을 서기 시작한 지 한 시진.

주변을 경계했지만, 아무 일도 일어나지 않았다.

비밀 통로에는 쥐조차도 얼씬거리지 않았다.

한빈은 현 상황에 대한 추리를 이어 가는 중이었다.

결론은?

기관의 형태로 보면, 아마 이곳으로 향하는 통로도 여러
개일 가능성이 높았다.

그렇다면 황보영우는 누군가와 싸우고 이곳으로 도망쳤다
는 것이 맞았다.

그렇다면 이 공자 황보영우와 싸운 것은 누구일까?

그것은 차차 밝혀내야 할 일이었다.

그때였다.

뒤쪽에서 한숨 소리가 들려왔다.

"휴우……."

고개를 돌려 보니 황보만청이 황보영우의 등에서 손바닥
을 떼고 있었다.

진기를 인도하며 영단의 효용을 녹이는 데 성공한 듯싶었
다.

한빈이 막 그에게 가려 할 때였다.

황보만청이 한빈에게 손바닥을 보이며 작게 외쳤다.

"오지 말게!"

"어르신, 무슨 일이……."

한빈은 말을 잇지 못했다.

황보만청의 낯빛이 이상했기 때문이었다.

조금 전까지만 해도 일렁이는 횃불에 비친 그의 얼굴은 붉었다.

그런데 지금은 창백하기만 했다.

황보만청이 어깨를 움찔했다.

그러더니 갑자기 피를 토했다.

울컥.

바닥에 쏟아진 피는 군데군데 검은색 핏덩이가 섞여 있었다.

그것은 독이 분명했다.

순간 한빈의 머릿속에 앞으로 벌어질 일들이 스쳐 지나갔다.

한빈은 매섭게 눈을 뜨며 주변을 살폈다.

이 함정은 황보세가만을 겨냥한 것이 아니었다.

한빈과 하북팽가까지 옭아 넣을 함정이었다.

한빈 혼자 이곳에서 탈출한다고 할지라도 황보만청은 죽음에서 자유로울 수 없을 것이다.

장담컨대 이 사건을 계획한 적은 황보세가에 남아 한빈을 원흉으로 몰아넣을 것이었다.

하지만, 상대가 생각 못 한 것이 있었다.

이곳에 다른 누구도 아닌, 실력의 구 할을 숨기고 있는 한빈이 있다는 점이었다.

단순한 아군을 넘어서 혈맹을 만들 기회를 줬으니 상대에게 고맙다고 해야 하나?

굳이 정답을 말하라면?

한빈은 작게 웃으며 고개를 끄덕였다.

고개를 돌린 한빈은 조심스럽게 황보만청에게 다가갔다.

황보만청이 다시 외쳤다.

"오지 말고 거기 있게! 우리 가문의 첫째를 부탁하네."

아무래도 자신과 둘째의 목숨은 포기한 듯한 황보만청이었다.

무슨 독일까?

생각해 보면 정답을 찾아내기 힘든 것도 아니었다.

지금 그의 중세는 하남정가 가주인 정무룡과 별반 차이가 없었으니까.

경지가 높을수록 독은 더욱 격렬하게 반응하기 마련이었다. 황보영우의 진기를 이끌다가 독기가 빨려 들어왔음이 분명했다.

지금 자신의 생명을 포기할 만큼 독 기운이 거센 것은 황보만청의 경지가 정무룡보다 높기 때문이었다.

한빈은 품속에서 단약 두 개를 꺼냈다.

하남정가의 사건 이후 장자명에게 부탁해서 만든 특제 해독단이었다.

이것은 하남정가의 가주 정무룡을 치료했던 것보다 몇 배의 효과를 지닌 해독약이었다.

한빈이 조용히 다가가자, 황보만청이 다시 소리를 질렀다.

"오지……!"

하지만 그는 말을 맺지 못했다.

한빈이 그의 입에 해독단을 넣었기 때문이다.

툭.

한빈이 작은 목소리로 말했다.

"어르신, 대주천을 돌리십시오. 미리 말하지만, 공짜는 아닙니다."

"……."

황보만청이 아무 말 없이 작게 고개를 끄덕였다.

그것도 잠시, 그의 시선은 황보영우를 향했다.

하지만 한빈은 벌써 황보영우의 옆에 가 있었다.

황보만청이 운기를 하며 한빈을 바라봤다.

그가 보기에 한빈의 움직임은 역시 강북 제일이었다.

한빈은 재빨리 황보영우의 입에 단약을 털어 넣고 등에 손바닥을 갖다 댔다.

그 모습에 황보만청의 입술이 달싹였다.

하지만 입을 열지는 못했다.

해독단의 힘을 빌어 독을 내모는 작업을 시작했기 때문이었다.

여기에서 입을 연다면 한빈이 준 해독단도 무용지물이 될 터였다.

황보만청은 아무 말 없이 한빈이 자기 아들을 치료하는 모습을 바라볼 수밖에 없었다.

과연 해낼 수 있을까?

자신도 이 꼴이 되었는데 하북의 사 공자가 아들의 독기를 치료한다라?

그것은 계란으로 바위를 치는 꼴이라 생각했다.

하지만 바라볼 수밖에 없었다.

황보만청은 입술을 깨물었다.

여기에서 살아 나간다면?

한빈에게 어떤 방법으로도 갚을 수 없는 은혜를 입게 된다.

그는 자신과 아들을 구해 준 한빈에게 어떤 대가라도 치르리라 결심했다.

순간 황보만청의 눈이 커졌다.

서서히 독 기운이 옅어지는 것을 느꼈기 때문이다.

그뿐이 아니었다.

마주 본 황보영우의 혈색도 돌아오고 있었다.

'혹시 화타의 환생?'

황보만청은 눈을 크게 뜨고 한빈을 바라봤다.

그의 착각은 어찌 보면 당연했다.

한빈이 아니라면 황보영우를 단시간에 치료할 사람은 없었을 것이다.

한빈은 지금 황보만청이 봤다면 까무러칠 치료법을 쓰고 있었다.

혈맥이 미약하게 뛰는 황보영우에게 스스로 해독단을 흡수하라고 하기에는 무리였다.

한빈도 황보만청과 마찬가지로 진기를 이끌고 있던 차였다.

문제는 그 독기가 한빈의 손바닥을 타고 흘러들어 왔다는 것이었다.

점점 차오르는 독기에 회복의 효용이 저절로 발휘되었다.

그때 생각난 것이 인급 초식 기사회생이었다.

한빈은 천산혈랑과의 혈투 마지막에 기사회생의 효용으로 살아남을 수 있었다.

그 당시를 더듬어 보면 천산혈랑의 상처도 아물었었다.

검으로 인한 상처와 독으로 인한 손상이 다를까?

같다면 같을 수도 있고 다르다면 다를 수도 있었다.

한빈은 그것을 시험해 보기로 한 것이다.

한빈은 황보영우의 등 쪽에 난 상처 깊숙이 오른 손가락을 찔러 넣었다.

그러고는 재빨리 기사회생의 초식을 운용하기 시작했다.

그 순간 황보영우의 얼굴색이 돌아오기 시작했다.

황보영우의 상태가 적당히 회복되자 한빈은 그의 등에서 손을 뗐다.

그때였다.

통로 쪽에서 이상한 소리가 들려왔다.

끼익, 끼익.

마치 바닥에 쇠를 긁는 듯, 귀에 거슬리는 소리가 울려 퍼졌다.

좌선한 상태로 운기 조식하던 황보만청이 눈썹을 꿈틀대자 한빈은 말했다.

"제가 살펴보겠습니다."

"……."

황보만청이 말없이 고개를 끄덕이자 한빈이 옷깃 스치는 소리만 남기고 사라졌다.

사사—삭.

사라지는 한빈의 상태를 살핀 황보만청은 자신도 모르게 입맛을 다셨다.

후생가외(後生可畏)라 했던가?

무의 끝을 보기 위해 앞만 보고 달려왔던 자신이 조금은 부끄러워졌다.

때로는 뒤도 돌아봐야 하는 법이었다.

한빈이 사라지고 차 한 잔 마실 때가 되자 그도 눈을 떴다.

황보만청은 평상시 무력의 오 할을 회복했다.

그때였다.

옆에 있던 황보영우가 쓰러졌다.

털썩.

쓰러지며 바닥에 핏덩이를 토해 냈다.

쿨럭.

그 모습에 황보만청은 안도의 숨을 삼켰다.

"휴우."

황보영우의 혈색이 완전히 돌아왔기 때문이었다.

아마도 마지막 독을 몰아내고 탈진한 것이 분명했다.

그때였다.

멀리서 병장기 부딪치는 소리가 들려왔다.

챙! 챙!

황보만청은 눈매를 좁혔다.

황보만청은 망설임 없이 자신의 아들을 등에 업었다.

여기에 놔두고 갈 수도 없는 일이고 한빈의 위기를 그냥 두고 볼 수도 없는 일이었다.

선택은 아들을 업고 한빈이 있는 곳까지 가는 것이었다.

한빈은 흑의의 복면인과 검을 맞대고 있었다.

벌써 이십 합이 넘게 복면인과 겨루고 있는 중이었다.

문제는 구걸십팔보와 전광석화의 효용을 완벽하게 발휘하지 못하고 있다는 점이었다.

지금 한빈과 복면인이 대결을 펼치는 장소가 그만큼 비좁았기 때문이었다.

복면인이 말했다.

"꽤 하는군."

복면 뒤에서 그의 입술이 비릿하게 꿈틀대는 것만 같았다.

한빈도 마주 웃으며 답했다.

"그건 내가 할 말이지. 언제까지 실력을 숨길 거지?"

"네가 실력을 드러낼 때까지."

"오호, 좋은 생각이군. 누가 먼저 밑천을 드러낼지 한번 볼까?"

한빈은 복면 사이로 드러난 상대의 눈을 바라봤다.

시선에서도 마기가 느껴진다.

한빈은 고개를 갸웃했다.

그 마기라는 것이, 전에 대결했던 잔혈마도와는 질적으로 달랐기 때문이었다.

마교와는 다른 마기를 풍긴다라?

한빈은 복면인이 마교인은 아닐 것이라 추측하고 있었다.

과연 복면인의 정체는 무엇일까?

한빈은 바로 의문을 지웠다.

어차피 상대를 굴복시킨 후 물어보면 될 터였다.

한빈은 재빨리 용린검법의 초식을 운용했다.

'쾌검난마!'

순간 복면인의 검과 맞닿은 한빈의 검이 부르르 떨렸다.

드르륵, 드르륵.

두 검 사이에 진동이 생기며 묘한 울림을 만들어 냈다.

한빈은 피식 웃으며 말을 이었다.

"내 검이 자꾸 칭얼대네."

"네 검이 칭얼댄다고?"

복면 사이로 드러난 눈썹이 꿈틀대자 한빈이 슬쩍 시선을 월아에게 돌리며 말했다.

"이 승부가 지루하다나 뭐라나!"

한빈의 말에 복면인이 눈매를 좁혔다.

그것도 잠시 그의 복면 안쪽이 달싹였다.

"입만 살았군."

웃음 섞인 목소리가 튀어나오자 한빈이 어깨를 으쓱했다.

"내가 제일 좋아하는 칭찬이군. 고맙네, 친구."

한빈은 독수리가 먹이를 쪼려는 듯 상체를 기울이며 월아로 상대를 압박했다.

상대는 아무렇지 않게 힘으로 맞서며 답했다.

"난 네 친구가 아니야."

"원래 처맞다 보면 다 친구가 되는 법이지."

한빈이 월아에 내공을 실었다.

월아에 푸른 기운이 살짝 피어났다.

동시에 복면인의 검에서는 붉은 기운이 피어올랐다.

그 모습에 한빈이 피식 웃었다. 아무래도 격장지계가 통한 것 같았다.

압도적인 무위로 누르기에는 상대의 경지가 눈에 보이지 않았다.

즉, 동수 내지는 한빈의 위라는 이야기.

상대의 밑천을 보고 대항하는 게 이치에 맞았다.

상대의 붉은 검기에 맞춰 한빈의 푸른 검기도 더욱 짙어졌다.

동시에 둘 사이에 진동은 점점 커져 갔다.

드르륵, 드르륵.

두 검이 울부짖는 듯 똑같이 검명을 토해 냈다.

한빈이 슬쩍 상대를 밀쳤다.

툭!

상이한 힘이 충돌하기 때문일까?

그 힘이 몇 배로 전해지는 것 같았다.

파바박!

한빈도 뒤로 밀렸고 검은 복면인도 뒤로 한참을 물러났다.

쾌검난마의 초식이 영향을 미쳤기 때문일까?

뒤로 밀려 난 복면인의 입가에 선혈이 슬쩍 비쳤다.

한빈도 내공이 진탕되는 것을 느꼈다.

한빈은 입가에 고인 핏물을 다시 삼켰다.

상대에게 약한 모습을 보일 수는 없는 법이었다.

피식 웃은 한빈이 재빨리 용린검법의 다른 초식을 추가했다.

'일촉즉발.'

전광석화의 효용에 쾌검난마의 초식이 기본이 된 상태에서 한빈의 몸이 튕겨 나갔다.

슝!

월아와 하나가 된 한빈이 검은 복면인을 향해 날아갔다.

복면인은 입가에 피를 여유롭게 닦아 내며 검을 바로 받았다.

순간 그의 검에서 붉은 기운이 일렁인다.

그 모습에 한빈이 눈매를 좁혔다.

숨겨 둔 실력을 펼치려는 것이 분명했다.

그의 붉은 검기와 한빈은 푸른 검기가 막 부딪히려는 순간 한빈이 초식을 바꿨다.

'성동격서.'

상대방을 한 번의 공격에 한해 무력하게 만드는 초식.

문제는 상대의 경지가 한빈보다 높을 때였다.

이때에는 이 할의 확률로 공격을 성공시킬 수 있었다.

즉, 경지만 같다면 완벽하게 상대를 현혹시킬 수 있는 기술이었다.

방패처럼 펼친 검막의 옆으로 한빈의 검이 휘어져 들어갔다.

마치 풀 사이를 지나가는 뱀과도 같은 형태.

변화를 알아챈 복면인이 뒤로 물러났다.

파박.

하지만 한빈의 검이 더 빨랐다.

슝!

한빈의 검이 복면인의 안면을 가격했다.

순간 복면인이 몸을 뒤쪽으로 눕히며 한빈의 검을 겨우 피했다.

하지만 한빈의 검에 복면이 걸렸다.

획!

검 끝에 걸린 복면에서는 살짝 피가 묻어 나왔다.

복면인은 어느새 뒤쪽으로 다섯 걸음 이상 물러나 있었다.

한빈의 경지가 상대보다 높아 공격이 성공했을까?

아니, 지금의 검을 피한 것으로 봐서는 절대적인 경지는 한빈의 위였다.

즉, 운이 좋았다는 이야기였다.

한빈은 상대를 더 흔들 필요가 있다고 생각했다.

한빈이 검을 털어 냈다.

동시에 검 끝에 매달린 복면이 바닥에 떨어졌다.

툭.

한빈이 복면인에게 걸어가며 말했다.

"금선탈각이라? 네 전생은 매미였나?"

"후……."

복면인이 고개를 숙이며 깊은숨을 쉬었다.

순간 복면인이 일어났다.

횃불에 꿈틀대는 그의 표정과 얼굴 윤곽이 드러났다.

한빈이 고개를 갸웃했다.

어디선가 많이 본 얼굴이었기 때문이다.

"이 공자?"

한빈이 말한 이 공자는 다름 아닌 황보영우였다.

하지만 황보영우는 가주 황보만청과 함께 있었다.

그렇다면 저자는 누구일까?

한빈의 표정을 본 사내가 피식 웃으며 말했다.

"들켰네."

한빈은 눈을 가늘게 뜨며 그의 얼굴을 바라봤다.

아무래도 상대는 한빈에게 혼란을 주려는 것 같았다.

정체불명의 적을 바라보던 한빈이 웃었다.

"푸읍!"

"왜 웃지?"

"그냥 미안해서 그러지."

"……."

정체불명의 적이 고개를 갸웃하자 한빈이 월아를 사내에게 겨눴다.

"그거참 비싼 인피면구 같은데 내가 망가뜨린 것 같아서. 이왕 이렇게 된 거 내가 물어 주지."

한빈의 말에 적이 움찔하며 뒤로 물러났다.

한빈의 말대로 그의 얼굴에는 살갗이 벗겨진 인피면구의 일부분이 너덜거리고 있었다.

정체불명의 적이 뒤로 주춤주춤 물러났다.

한빈은 주위를 살피며 그에게 다가섰다.

하지만 한빈은 서두르지 않았다.

한빈은 그에게 바로 다가가지 않고 갈지(之)자로 걷고 있었다.

그 모습에 정체불명의 적이 얼굴을 일그러뜨렸다.

그가 외쳤다.

"빈틈이 없군!"

"빈틈이 없다기보다는 네가 허술한 거지. 누가 이런 어린애 장난 같은 짓에 당할까?"

한빈이 월아로 아래를 가리켰다.

바닥에는 드문드문 철질려(鐵蒺藜)가 굴러다니고 있었다.

철질려란 송곳 네 개가 뭉쳐 놓은 듯한 형태의 암기였다.
철질려를 바닥에 뿌려 놓으면 어느 하나는 하늘을 향하게 마
련이었다.

상대는 자신이 싸움에서 밀릴 것을 대비해서 독을 바른 철
질려를 미리 뿌려 놓는 치밀함을 보였던 것이다.

한빈은 철질려를 피해 정체불명의 적에게 다가갔다.

터벅터벅.

적과의 거리는 불과 세 걸음.

그때였다.

정체불명의 적이 검에 붉은 기운을 더욱 짙게 실었다.

투드득.

마치 종이가 타는 듯한 소리가 났다.

한빈은 월아를 두 손으로 잡았다.

상대의 경지가 예측되었기 때문이다.

그는 화경이 분명했다.

아마도 전에 맞섰던 잔혈마도와 비슷한 경지의 고수일 것
이었다.

그런 고수가 철질려를 쓰는 치밀함까지 보인다라?

한마디로 난적이었다.

정체불명의 적이 붉은 검기를 피워 내며 한빈에게 달려들
었다.

한빈에 대한 파악이 끝났다는 듯 정체불명의 적은 미소를

피워 냈다.

그때였다.

한빈이 입맛을 다셨다.

달려오는 그에게 일렁이는 점을 봤기 때문이었다.

한빈도 월아에 푸른 검기를 피워 내며 달려들었다.

'일촉즉발.'

검이 마주하는 순간 한빈이 초식을 바꿨다.

'성동격서.'

다시 검이 신묘하게 움직였지만, 그 검은 상대에게 막혔다.

챙!

성동격서란 확률에 의존하는 초식이었다.

하지만 방법은 있었다.

이 할의 확률이라고 해도 열 번 찍으면 반드시 두 번은 성공한다는 말이었다.

한빈은 재빨리 초식 하나를 더 사용했다.

'자승자박.'

쾌검난마, 자승자박, 성동격서를 이용해서 적을 상대하고 있는 한빈.

한빈의 공격을 받은 적은 눈을 크게 떴다.

분명 기세는 있으나 자신의 위가 아니었다. 하지만 지금 검술을 보니 자신과 맞먹는 것만 같았다.

한빈의 검은 상상할 수도 없이 빨랐다.

여기서 더 큰 문제는 한빈이 자기 몸을 돌보지 않고 검을 놀린다는 것이었다.

보통 요혈을 향해 검을 날리면 백이면 백 방어를 우선시하는 것이 일반적이었다.

저런 애송이일 경우는 더욱 자신의 몸을 중시하기 마련이고 말이다.

하지만 한빈은 달랐다.

날아오는 요혈을 그대로 허용하는 대신 그의 다른 급소를 노리고 있었다.

여기서 두 번째 문제가 발생했다.

분명 한빈의 살을 베었는데 이상하게 그의 팔이 저릿해져 왔다.

마치 자신이 급소를 가격당한 것 같은 느낌이었다.

정체불명의 적이 외쳤다.

"이화접목!"

한빈이 그의 말에 피식 웃었다.

그 웃음에 정체불명의 적이 살짝 동요했다.

한빈은 성동격서의 초식을 다시 사용했다.

이제 남은 공력은 십오 년.

더 이상 사용하면 승부를 장담하지 못할 것 같았다.

한빈은 속으로 외쳤다.

'먹혀라!'

한빈의 진심이 통했을까?

손끝에 상쾌한 감각이 전해졌다.

푸숙!

동시에 한빈의 시야에 글귀가 떴다.

[용안으로 구결을 확인합니다.]

[용린검법의 응용편 중 박(璞)을 획득하셨습니다.]

[반(返), 진(眞), 박(璞)]

한빈은 쓱 정체불명의 적을 바라봤다.

아직 남은 점이 한 개가 더 있었다.

점이 있는 곳은 그의 왼팔.

한빈은 재빨리 그에게 짓쳐 들었다.

하지만, 적은 재빨리 뒤로 빠졌다.

한빈과 승부를 하며 뭔가 이상하다는 것을 느낀 것이다.

한빈도 그런 그의 모습에 한숨 돌릴 수 있었다.

이제 용린검법의 초식을 쓸 내공이 많이 남아 있지 않았다.

많아야 두 번 정도 쓰면 힘을 다할 것 같았다.

그때였다.

뒤로 주춤주춤 물러나던 정체불명의 적이 벽에 막혔다.

그는 위를 힐끔 올려다보더니 외쳤다.

"더 이상 오면 이곳의 통로를 무너뜨리겠다!"

그는 천장에서부터 내려온 끈을 잡았다.

한빈이 눈을 가늘게 뜨며 그가 잡고 있는 끈을 바라봤다.

지금의 말이 맞다면 그가 잡고 있는 끈이 이곳을 무너뜨리는 장치인 것 같았다.

물론 허세일 수도 있었다.

여기서 모험을 걸어야 할까?

한빈은 그의 왼팔을 바라보며 입맛을 다셨다.

고민하던 한빈이 말했다.

"해 보시든가. 내 특기가 뭔지 알아?"

"알고 싶지 않군."

"알고 싶지 않다니 말해 주지. 내 특기는 동귀어진."

"허세하고는!"

"한번 확인해 볼까?"

한빈이 한 발 앞으로 나아가자 사내는 끈을 더욱 꽉 쥐었다.

"……."

한빈은 더는 다가가지 않고 상대를 바라봤다.

아무래도 성동격서에 당했으니 한빈을 자신보다 위라 보는 것 같았다.

물론 마기를 지닌 자에 한해서는 유리한 면이 있었다.

쾌검난마라는 마기에 특화된 초식이 있었으니 말이다.

하지만 공력이 얼마 안 남은 한빈이었다.

이 좁은 곳에서 싸운다면 승패는 장담할 수 없었다.

그가 다시 말을 이었다.

"넌 대체 누구냐?"

"나? 하북팽가의 사 공자."

"내가 황보세가의 이 공자인 것처럼 너도 하북팽가의 사 공자란 거지? 그런데 우리 본단에서는 너 같은 고수를 보낸 적이 없는데!"

"본단이라?"

한빈이 눈매를 좁혔다.

본교가 아니라 본단이라는 것은 마교 이외에 단체가 있다는 것을 뜻했다.

한빈은 여기서 한 가지 가정을 해야 했다.

정, 사, 마를 제외한 다른 단체가 존재한다는 것을 말이다.

물론 이런 단체가 있다는 것은 전생에서도 확인하지 못한 것이다.

한빈은 상대에게 더욱 집중했다.

그가 피식 웃으며 말했다.

"미안, 실수했군."

"어차피 같이 죽을 사이인데, 툭 터놓고 말해 보자고."

"네 정체부터 말하면 나도 말하지."

"한번 맞혀 봐."

"마교에서 보냈나?"

"뭐, 반은 맞혔군."

한빈이 슬쩍 거짓을 섞었다.

여기서 조금만 더 진행한다면 놈의 정체도 알아낼 수 있을 것만 같았다.

일단 놈은 마교가 아니라는 말이었다.

"반은 맞혔다라? 그럼 우리가 여기에서 싸울 필요가 있을까?"

한빈이 고개를 갸웃했다.

마교는 아니지만, 마교와 적대적이지 않은 단체라?

한빈이 적의 정체에 대해 유추하고 있을 때였다.

뒤쪽에서 다급한 발소리가 들려왔다.

한빈은 고개를 돌리지 않았다.

뭐 확인할 필요도 없이 황보만청일 것이었다.

한빈은 손을 뒤쪽으로 해서 수신호를 펼쳤다.

정의맹의 일원이라면 알 수 있는 수신호였다.

다가오지 말라는 뜻이었다.

한빈의 손짓을 본 황보만청이 발길을 멈췄다.

그러고는 멀리 떨어져 적을 바라봤다.

"저건!"

황보만청이 놀라 소리를 질렀다.

자신의 아들과 똑같이 생긴 자가 한빈과 마주하고 있으니 화경의 고수라도 놀라지 않을 수 없었던 것이다.

황보만청은 반사적으로 고개를 돌려 자신의 등에 업힌 아들을 바라봤다.

그때 한빈의 목소리가 울렸다.

"저자는 이 공자를 본뜬 인피면구를 쓰고 있는 자이니 흔들리지 마시죠."

한빈에 목소리에 황보만청은 그제야 너덜거리는 인피면구를 볼 수 있었다.

황보만청이 둘의 대결에 끼어들어야 하나를 고민하고 있을 때였다.

줄을 잡은 사내의 왼손이 기관 장치를 발동시키려는 듯 꿈틀했다.

한빈이 재빨리 몸을 날렸다.

'전광석화.'

'일촉즉발.'

'구결십팔보.'

한빈은 낼 수 있는 최대의 속도로 사내에게 짓쳐 들어갔다.

하지만, 사내는 아무렇지 않게 오른손에 잡은 검으로 한빈의 공격을 받았다.

끼긱!

검끼리 긁히는 소리가 기분 나쁘게 통로에 울려 퍼졌다.

순간 상대가 비릿한 웃음을 지었다.

"밑천이 드러났군? 네놈의 정체는 나중에 다시 와서 밝히 도록 하지."

한빈이 피식 웃었다.

아무래도 상대는 끝까지 자신이 하북팽가의 사 공자가 아 니라고 믿는 것 같았다.

한빈이 아무렇지도 않게 답했다.

"그건 네 마음대로 하고 지금부터 내 밑천을 보여 줄게. 기 대해!"

순간 한빈이 용린검법의 초식을 추가했다.

'허장성세.'

허장성세라면 이전에 잔혈마도에게도 먹혔던 수법.

이 초식으로 잠시의 틈만 만들어 내면 되었다.

허장성세를 운용하자 용린의 기운이 성대로 모여들기 시 작했다.

순식간에 기운을 모은 한빈이 외쳤다.

"그만!"

짧지만 강렬한 의미가 상대를 옥죄었다.

순간 상대의 눈이 커졌다.

동시에 한빈이 검을 틀었다.

전력을 다한 한빈의 검이 상대의 방어를 뚫었다.

서걱!

한빈의 검이 적의 왼팔에 적중했다.

순간 갑자기 먼지가 일어났다.

파스슥.

한빈이 경계를 하며 앞을 보고 있을 때 자욱한 먼지가 살짝 걷혔다.

하지만, 정체불명의 적은 그곳에 없었다.

자세히 보니 기관 장치를 발동시키는 줄에 그의 왼팔이 매달려 있었다.

순간 한빈의 시야에 글귀가 나타났다.

[용안으로 구결을 확인합니다.]

[용린검법의 응용편 중 귀(歸)를 획득하셨습니다.]

한빈이 입꼬리를 살짝 올릴 때였다.

잘린 팔의 무게 때문인지 줄이 아래로 내려왔다.

쓰윽.

그때 뒤쪽에서 황보만청의 다급한 목소리가 들렸다.

"물러나게!"

그 외침에 한빈이 위쪽을 바라봤다.

위쪽에서 천장이 흔들리기 시작했다.

동시에 바닥도 흔들린다.

휘청이는 바닥으로 천장이 떨어져 내렸다.

쾅!

한빈이 다급하게 뒤로 물러났다.

타다닥.

천장은 차례대로 떨어져 내렸다.

일정한 간격으로 세워 놓은 마작 패가 순서대로 쓰러지듯 천장은 차례대로 계속 가라앉았다.

쿵! 쿵!

한빈의 뒤쪽에서 무쇠 떨어지는 듯한 소리가 연달아 울렸다.

힐끔 뒤를 보니 천장에서 떨어진 물건은 진짜 무쇠였다.

저 무쇠에 깔리면 기사회생으로도 다시 살아날 수 없었다.

한빈이 달려오자 자신의 아들을 업은 황보만청도 뛰기 시작했다.

타다닥.

쿵. 쿵.

그들의 발길에 맞춰 무쇠 떨어지는 소리도 일정한 간격으로 울렸다.

눈앞에 두 개의 길이 나오자 황보만청이 걸음을 멈췄다.

탁!

급히 걸음을 멈추고 고민에 빠진 황보만청의 소매를 한빈이 끌었다.

"이쪽입니다."

"알겠네."

황보만청은 한빈에게 이끌려 미로처럼 펼쳐진 통로를 누볐다.

쿵. 쿵.

아직도 들려오는 무쇠 떨어지는 소리.

황보만청은 뒤쪽을 힐끔 보고는 속으로 혀를 찼다.

전대 가주였던 아버지에게도 이런 기관 장치가 있다는 것은 들은 적이 없었다.

자신이 들은 것이라고는 대국의 수수께끼를 푸는 자가 황보세가의 힘을 얻으리라는 것이 전부였다.

황보만청은 이 말이 가문의 경영을 바둑에 비유한 것이라고 생각했다.

거대한 바둑판처럼 생긴 연공실에서 진짜 바둑을 둘 생각을 해 본 가주가 있었을까?

아마 황보만청을 제외하고는 없었을 것이었다.

그런데 황보만청도 모르는 비밀 통로에 먼저 들어온 자가 있었다니!

사실 그보다 더 놀라운 것은 하북팽가 막내의 무공이었다.

분명 상대는 화경의 고수였다.

자신이 온전한 몸으로 상대한다면 제압 가능한 상대라지만, 후기지수 중에 저자를 상대할 자가 있던가?

황보만청은 강남과 강북을 통틀어 그런 후기지수는 없다고 단언할 수 있었다.

　　거기에 상대의 신경을 긁어 가며 검을 쓰는 모습은 마치 강호에서 몇십 년은 굴러먹은 노고수 같았다.

　　그중 가장 놀라운 것은 지금의 모습이었다.

　　마치 대국을 복기하듯 길을 찾아가는 모습은 황보만청도 흉내 내기 어려운 모습이었다.

　　흥분하지 않은 상태라면 바둑을 두듯 통로의 갈림길을 기억해 놨겠지만, 지금처럼 황당한 상황에서 지나왔던 통로를 기억할 수 있을까?

　　하북팽가의 막내는 그것을 해내고 있었다.

　　그때였다.

　　한빈이 멈췄다.

　　탁.

　　한빈이 멈춘 곳은 바둑판 모양의 연공실이었다.

　　맨 처음 출발한 곳에 도착한 것이다.

　　한빈이 빙긋 웃으며 황보만청을 바라볼 때였다.

　　쿵!

　　지금까지와는 몇 배는 큰 소리가 뒤쪽에서 들려왔다.

　　한빈은 힐끔 뒤를 돌아보고는 입을 살짝 벌렸다.

　　한빈이 빠져나온 문에 집채만 한 무쇠가 떨어졌기 때문이다.

저 정도 크기의 무쇠라면 무공의 경지와는 관계없었다.

강호에서는 화경의 고수를 태산을 가를 듯한 기세와 비견하고는 한다.

하지만 그것은 비유일 뿐, 태산 아래 깔린다면 살아날 무인이 세상에 어디 있을까?

일단 숨을 돌린 한빈은 황보만청을 바라봤다.

황보만청도 같은 기분인지 멍하니 떨어진 쇳덩이를 바라보고 있었다.

슬쩍 옆으로 간 한빈이 말했다.

"어르신, 이 공자부터 내려놓으시지요."

"나도 모르게 정신을 놓고 있었군."

황보만청은 자신의 아들을 바닥에 눕혔다.

아들을 눕히고 상세를 확인하던 황보만청은 연신 안도의 숨을 내쉬었다.

그 모습에 한빈이 물었다.

"이 공자의 상태는 어떻습니까?"

"수혈을 눌렀으니 별일이 없으면 이대로 잠을 잘 것이네. 호흡도 안정적이고 말이야. 모두 자네 덕분이네. 고맙네."

"다행입니다."

"그건 그렇고 일단 이곳에서 빠져나가는 게 우선인 것 같군."

"그렇다면……."

말끝을 흐린 한빈이 바닥에 놓인 묵철 바둑알을 힐끔 바라봤다.

황보만청도 고개를 끄덕였다.

"내 생각도 마찬가지네."

둘은 조용히 바둑알을 잡았다.

획. 획.

그들은 놨던 순서와는 반대로 바둑알을 낚아채기 시작했다.

바둑판 모양의 연공실 위는 어느새 깨끗해졌다.

한빈과 황보만청은 바둑알을 가죽 주머니에 담고 변화를 기다렸다.

그때 그들의 예상대로 기관이 움직였다.

드드득, 드드득.

기관 장치가 비명을 지르자 바닥이 서서히 돌아가기 시작했다.

이윽고 바닥이 멈췄다.

툭.

그 모습에 한빈이 천천히 들어왔던 문 쪽으로 걸어갔다.

문 앞에 멈춘 한빈은 고개를 갸웃했다.

철문이 있어야 할 곳에 대신 철벽이 있었다.

"이건 대체……."

"아무래도 출구가 막힌 것 같네그려."

"그럼 일단 숨 좀 돌리면서 생각해 보죠."

한빈은 품속에서 대롱 하나를 꺼냈다.

얇디얇은 대롱은 마치 독침을 쏘는 대롱같이 생겼다.

황보만청이 고개를 갸웃하자 한빈이 조그만 대롱을 내밀었다.

"한잔하시죠?"

"이게 뭔가?"

"화주입니다."

"바둑만 잘 두는 줄 알았더니 술꾼이군."

"술꾼은 아닙니다."

"술꾼도 아닌데, 화주를 넣어 다니나?"

"뭐, 가끔 필요할 때가 있어서 가지고 다닙니다. 어르신."

"필요할 때라……."

황보만청이 말끝을 흐리자 한빈이 대롱 하나를 더 꺼내 뚜껑을 열었다.

그러고는 바로 자신의 팔목에 부었다.

주륵.

그 모습에 황보만청이 먹던 화주를 뿜었다.

"푸흡."

"왜 그러십니까?"

한빈이 아무렇지도 않게 묻자 황보만청이 물었다.

"이거 말일세. 먹는 술이 확실한가?"

황보만청이 대롱에 든 술을 가리키며 물었다.

"전쟁터에서 먹는 술과 소독용 술의 구분이 어디 있습니까? 어르신."

한빈이 턱짓으로 주변을 가리키자 황보만청은 조용히 고개를 끄덕였다.

한빈의 말대로 여긴 전쟁터가 맞았다.

황보만청 자신도 그렇고 한빈도 그렇고 자기 아들은 두말할 필요가 없이 패잔병 신세였다.

지금 널브러져 있는 모습은 바둑판 위의 죽은 돌이나 마찬가지였다.

황보만청이 말했다.

"대국에서 졌군."

"졌다니요? 바둑은 아직 끝나지 않았습니다."

"끝나지 않았다라? 그럼 살았다는 것인가?"

"미생(未生)입니다."

"미생이라, 그럼 우리가 살아날 기회가 있다는 거군."

"저는 우리 얘기를 한 것이 아닙니다."

"그럼 누구 얘기란 말인가?"

"마치 도마뱀이 꼬리를 자르듯 한쪽 팔을 남겨 놓고 빠져나간 놈을 말하는 겁니다."

"허, 그놈 걱정을 할 때는 아닌 것 같은데, 우리는 살아날 것 같나?"

"원래 대마불사라는 말이 있지 않습니까?"

"대마불사……. 그럼 우리가 대마(大馬)라는 말인가?"

"우리가 아니라 가주님이 대마죠. 황보세가에서 가주님이 대마가 아니라면 누굴 대마라 하겠습니까? 이곳이 황보세가 인 만큼, 대마가 죽을 걱정은 할 필요가 없다고 생각합니다."

"안심시키려 하는 말치고는 일리가 있군."

황보만청이 웃자 한빈이 어깨를 으쓱하며 말을 이었다.

"그냥 한 말은 아니니 걱정하지 마시죠, 어르신."

말을 마친 한빈은 자신의 무복을 쭉 찢어 남은 상처를 동 여맸다.

한빈이 이렇게 급히 치료하는 이유는 간단했다.

회복의 구결이 몸을 돌려놓고 있기 때문이었다.

벌써 상처가 근질거리고 있었다.

조금 있으면 갈라진 상처가 아물 것이 분명했다.

이걸 옆에서 목격한다면 황보만청은 과연 뭐라고 할까?

한빈은 괜한 오해를 받고 싶지는 않았다.

한편 황보만청은 놀란 듯 한빈을 바라봤다.

상처를 소독하고 지혈하는 모습이 너무 익숙했기 때문이 었다.

저것은 아수라장을 헤쳐 온 낭인들에게서나 볼 수 있는 모 습이었다.

하북팽가의 막내가?

그것도 저 나이에?

황보만청이 고개를 갸웃하고 있을 때 상처를 처치한 한빈은 다시 품속에서 뭔가를 꺼냈다.

그러고는 황보만청에게 건넸다.

"일단 이거라도 드십시오."

"이건 또 뭔가?"

"육포입니다."

"허허, 자네 품속에는 대체 얼마나 많은 물건이 들어 있다는 말인가?"

이것은 진심이었다.

마치 화수분이라도 되는 것처럼 한빈의 품에서 수많은 물건이 쏟아져 나오고 있었다.

"궁금하십니까?"

씩 웃은 한빈은 다시 품속을 뒤지기 시작하더니 바로 가죽 두루마리 하나를 꺼냈다.

"이건 또 뭔가?"

"보시면 압니다."

한빈은 바닥에 가죽 두루마리를 펼쳤다.

촤르륵.

황보만청은 이상한 광경에 고개를 갸웃했다.

가죽 두루마리를 펼치자 한지와 붓이 있었다.

같은 시각, 황보세가가 보이는 가람산 기슭.

산짐승 소리만 들리는 산자락에서 가부좌를 틀고 있는 여인이 있었다.

그 여인의 정수리에서는 희미하게 현기가 감돌고 있었다.

현기가 정수리의 천중혈에서 빠져나가고 들어가고를 반복하다가 어느샌가 사라졌다.

정순한 현기는 여인의 몸속에 갈무리되었다.

잠시 들숨과 날숨을 반복하며 숨을 고르던 여인이 눈을 떴다.

그 눈빛은 고요했으며, 그녀의 피부는 까무잡잡했다.

사실 가장 두드러지는 그녀의 특징은 그녀의 몰골이었다.

흙투성이의 옷은 마치 광부를 생각나게 했다.

거기에 더해, 그렇지 않아도 까무잡잡한 피부는 덕지덕지 붙은 흙 때문에 자세히 보지 않았으면 사람이라 생각되지 않을 정도로 자연 속에 동화되어 있었다.

산속 다람쥐조차 그녀를 자연의 일부로 느끼는 듯 앞에서 뛰어놀고 있었다.

그녀는 다름 아닌 심미호였다.

가부좌를 푼 심미호는 옆에 있는 곡괭이를 보며 한숨을 쉬었다.

"휴우……."

심미호에게는 어떤 일이 있었던 것일까?

한빈이 그녀에게 내린 지시는 크게 보면 한 가지였다.

그것은 가람산에서부터 황보세가로 이어진 통로를 확인하라는 것이었다.

이것은 혼자서 하기에는 버거운 임무였다.

하지만 이 임무에는 거부하지 못할 당근이 따랐다.

그것은 한빈이 심미호에게 전수한 파혼검이었다.

그런데 상승의 검법인 파혼검을 곡괭이질을 하며 깨달을 줄은 진정 몰랐었다.

한 초식을 완성하기 위해서는 칼을 만 번 휘두르면 된다는 강호 속담이 있다.

심미호는 곡괭이질 천 번으로 파혼검의 일 성에 들어섰다.

게다가 지금 경지를 상승시킬 작은 깨달음까지 얻었다.

심미호는 다시 곡괭이를 들었다.

"이제부터는 칼도 검도 아닌 곡괭이를 들어야 할 운명인가?"

혼잣말을 뱉은 심미호는 옆을 힐끔 봤다.

그곳에는 제법 큰 무덤이 있었다.

심미호는 그 무덤의 뒤쪽으로 갔다.

뒤쪽으로는 마치 도굴꾼이 파 놓은 것 같은 구덩이가 있었다.

심미호는 망설임 없이 그 구덩이로 뛰어들었다.

얼마나 걸어갔을까?

심미호는 흙으로 막힌 통로를 바라보며 혼잣말을 뱉었다.

"이 정도면 거의 온 것 같은데……."

그녀는 한빈이 준 지도를 확인했다.

그러고는 곡괭이를 들었다.

순간 곡괭이에 희미한 기가 일렁였다.

심미호는 바로 곡괭이로 막힌 통로를 내려쳤다.

팡!

순식간에 통로를 막은 흙더미가 사방으로 흩어졌다.

⁂

한빈이 펼친 종이에 황보만청은 고개를 갸웃했다.

한지에는 미리 조그마한 글씨가 쓰여 있었지만, 황보만청은 굳이 그것을 보지 않았다.

그 글자들이 자신과 관계있으리라고는 조금도 생각지 못했으니까.

하지만 그의 생각은 한빈의 다음 말로 바뀔 수밖에 없었다.

"읽어 보시고 서명을 하실지 말지 결정하시죠."

"서명이라니?"

"이건 제가 간단히 준비한 계약서입니다. 아까 구두로 얘기한 내용과 별반 차이가 없습니다."

"허허. 이곳에서 죽을지도 모르는데 계약서라……."

황보만청은 말끝을 흐렸다.

이곳에서 죽음을 맞이할 것이라고 속단하자니 이상하게 마음이 놓였다.

지금의 상황은 화경의 무위로도 헤쳐 나가지 못할 재난에 가까웠다.

그런데 왜 마음이 놓인다는 말인가?

이것은 이성적인 판단이라기보다는 어찌 보면 무인 특유의 감각에 가까웠다.

자신도 이해하지 못할 감각에 황보만청이 의문을 품고 있을 때, 한빈이 작은 목소리로 말했다.

"별거 없습니다. 대국을 통해 얻은 것을 나누자는 말입니다."

황보만청은 곧 고개를 갸웃했다.

"그랬지. 하지만 얻은 것이 없지 않은가?"

"저희는 이 공자를 얻었죠. 그리고 숨은 적을 발견함으로써 황보세가의 미래를 얻었고요. 그게 작다고 보십니까?"

"험."

황보만청이 수염을 쓰다듬으며 헛기침했다.

하지만 그의 눈빛은 호의로 가득 차 있었다.

"싫으시면 저도 그냥 여기에 누우렵니다."

농담처럼 말을 건넨 한빈이 장난치듯 바닥을 가리키자 황보만청이 재빨리 말을 이었다.

"험, 일단 읽어 보겠네."

황보만청은 계약서와 한빈을 번갈아 보기 시작했다.

계약서를 읽던 그의 입은 서서히 벌어졌다.

처음에는 상호 간의 협력과 같은 추상적인 계약 내용이 적혀 있을 줄 알았다.

그런데 계약의 내용은 생각보다 세밀했다.

상행에서부터 재난 발생 시 협력 사항까지 모든 사항이 조그마한 종이 위에 빼곡히 채워져 있었다.

문제는 이 모든 것을 미리 써 뒀다는 데 있었다.

이 사건이 발생했든 아니든 간에 한빈은 이 계약서를 내밀었을 것이었다.

만약에 상황이 여의치 않다면?

분명히 계약서에 서명을 할 상황을 만들었으리라 생각했다.

그렇게 생각하니 한빈을 다시 보게 되었다.

만약 적이라면?

그런 가정도 잠시, 황보만청은 한빈이 탐난다는 듯 흐뭇한 눈길로 한빈을 바라봤다.

계약서와 한빈을 번갈아 보던 황보만청이 조심스럽게 입

을 열었다.

"자네, 혼처는 정해졌는가?"

"정해진 혼처도 지웠습니다. 그런데 왜 그러시는지요?"

"아닐세."

황보만청은 재빨리 손을 내저었다.

잠시 후.

황보만청은 붓을 들었다.

한지 위에 서명을 하려던 황보만청은 슬쩍 붓을 놓고 한빈을 바라봤다.

그 모습에 한빈이 물었다.

"왜 그러십니까?"

"내 자네의 얼굴을 한번 만져 봐도 되겠는가?"

심각하게 묻는 황보만청의 모습에 한빈이 웃었다.

"얼마든지요."

"그럼 실례하겠네."

황보만청이 재빨리 손을 뻗었다.

한빈은 저항하지 않고 어이가 없다는 듯 그를 바라봤다.

황보만청은 마치 아기의 얼굴을 주무르듯 조심스럽게 한빈의 얼굴을 확인하고는 한숨을 내쉬었다.

"휴우."

"만족하십니까?"

"내가 왜 이러는지 알고 있었군."

"아버지가 아들조차 못 알아볼 정도의 인피면구였는데 저라는 보장이 어디 있겠습니까?"

한빈이 씩 웃자 황보만청이 조용히 붓을 놀렸다.

그 모습에 한빈이 고개를 갸웃했다.

"지금 서명하시라니까 계약서는 왜 고치시는 거죠?"

"험, 들켰나?"

황보만청이 멋쩍게 웃었다.

그의 붓이 마지막으로 멈춘 곳에 조금은 황당한 문구가 적혀 있었다.

하북팽가의 사 공자와 황보세가 간의 혼약으로……

한빈은 황보만청을 보고 혀를 찼다.

위기의 상황에서 이런 발상을 한다는 자체가 황당했다.

잠시의 실랑이가 오갔고 황보만청은 추가하려던 문장을 삭제할 수밖에 없었다.

서명을 마친 황보만청이 물었다.

"아까 자네는 적이 미생이라고 하지 않았나?"

"네, 맞습니다."

"그럼 자네는 황보세가를 능멸한 놈을 찾을 수 있다는 말인가?"

"찾을 수 있습니다."

"어떻게 찾을 수 있는지 말해 줄 수 있는가?"

"불가능합니다. 그건 특급 비밀입니다. 장사 밑천을 시작부터 다 드러낼 수는 없는 법이지요."

한빈은 씩 웃으며 자신의 소매를 찢어 만든 천으로 월아에 묻은 혈흔을 닦아 내며 코를 씰룩였다.

과연 놈을 잡을 수 있을까?

반 정도는 진실이었다.

전생에서 가지고 온 감각 중 하나인 한빈의 후각은 일반 무인보다 몇십 배는 탁월했다.

굳이 말하면 동물과 비견할 수 있을 것이다.

늑대가 피 냄새에 민감하듯 한빈은 일정 향에 민감했다.

한빈은 월아의 검신에 적이 지울 수 없는 향을 묻혔다.

강호에서 천리추종향(千里追從香)이라고 부르는 지독한 향이었다.

하지만, 여기서 천 리라는 것은 영물이나 가능한 일. 대신 한빈은 그놈이 백 보 안에 온다면 어떤 상황에서든지 감지할 수 있었다.

즉, 다시 마주치면 잡을 수 있다는 말이었다.

물론 미로처럼 복잡한 통로를 빠져나올 수 있었던 것도 모두 이 추종향 덕분이었다.

통로의 중간중간 묻혀 둔 것이 도움이 되었던 것이다.

상념을 끝낸 한빈은 천천히 자리에서 일어났다.

그러고는 돌과 무쇠가 섞인 벽을 손으로 치며 용린검법의 기본편을 바라봤다.

[기본편]

[……]

[심(心) : 십(十)]

진룡파혼검을 펼칠 수 있는 최소 속성이 열 개로 늘어난 것이다.

심의 속성이 열 개로 늘어난 것은 한 시진 전이었다.

이것은 심미호가 파혼검의 일 성에 들어섰다는 이야기였다.

파혼검에 첫발을 들였다는 것은 통로를 무사히 개척하고 있다는 말도 되었다.

언제쯤일까?

심미호가 연공실 근처에 도착한다면 아마 뚫을 수 없는 무쇠로 된 벽 혹은 단단한 석벽과 마주하게 될 것이다.

그 벽은 심미호가 아니라 한빈이 제거해야 했다.

한빈은 이제 신호만 기다리면 되었다.

그는 벽을 확인하며 조용히 미소 지었다.

한빈의 미소를 보던 황보만청이 천천히 걸어왔다.

갑자기 떠오른 의문이 있기 때문이었다.

한빈도 다가오는 황보만청의 기척에 힐끔 뒤를 돌아봤다.

"자네, 혹시 화경의 경지에 들어선 것인가?"

"아닙니다. 제가 어찌 화경의 경지를 넘볼 수 있겠습니까?"

"그럼, 마지막에 보여 줬던 그 기세는 대체 무엇인가?"

"그냥, 하북팽가의 가전 무공이라고 해 두죠."

"허허."

황보만청은 더는 묻지 않겠다는 듯 허허롭게 웃었다.

한빈이 마주 웃으며 말했다.

"여기에서 나가면 상의할 일이 많습니다. 그때 궁금증을 한 번에 풀어 드리도록 하겠습니다."

"기다리고 있겠네."

황보만청이 고개를 끄덕이며 돌아서려 할 때였다.

연공실 벽 어딘가에서 소리가 들려왔다.

꽝! 꽝!

그 소리에 한빈이 재빨리 그곳으로 뛰어가 벽에 귀를 갖다 대었다.

소리를 확인한 한빈이 조용히 고개를 끄덕였다.

한빈이 기다리던 심미호가 확실했다.

한빈은 월아의 손잡이로 벽을 때리기 시작했다.

꽝, 꽝……. 꽝.

한빈이 벽을 때리는 것은 심미호에게 뜻을 전하기 위함이
었다.

한빈은 지금 심미호에게 백 보 밖으로 물러서라 말하고 있
었다.

꽝……. 꽝.

반대편에서 소리가 다시 소리가 들려왔다.

심미호가 한빈의 신호를 확인했다는 뜻이었다.

서로 신호를 확인한 한빈은 황보만청에게 외쳤다.

"어르신, 이 공자를 데리고 반대쪽에 계십시오!"

"허, 무슨 일인가?"

"지원군이 왔습니다."

"알겠네."

말을 마친 황보만청은 둘째를 부축해서 반대쪽으로 갔다.

모든 준비가 끝나자 한빈은 월아를 검집에서 뽑았다.

스르릉.

기수식을 취한 한빈은 용린검법 중 새로 얻은 초식을 떠올
렸다.

[반박귀진(返璞歸眞) – 자신의 힘을 철저히 감추는 수법입니다. 근력으
로 내공을 감추는 수법으로, 강호에서 살아남기 위해 필수적인 수법입니
다. 반박귀진을 시전하면 주위 모든 사람은 시전자의 경지를 파악할 수
없습니다. 지속 시간 한 시진. 필요 속성 력(力) 한 개.]

반박귀진은 한빈이 원하는 수법이었다.

초식의 설명대로 강호에서 살아남기 위해서는 실력을 감추는 편이 유리했다.

여기저기 기세를 흘리고 다닌다면 더 강한 적, 더 교활한 적이 꼬이기 마련이니까.

거기에 공(功)이 아닌 력(力)의 속성을 사용하기 때문에 내공의 운용에도 무리가 가지 않았다.

지금 반박귀진을 운용한 것은 자신의 기세를 보이지 않게 하기 위함이었다.

심력을 사용하여 상대방의 영혼까지 날려 버리는 용린검법 상승의 초식인 진룡파혼검은 한빈도 처음 사용하는 수법이었다.

이 검법이 주위에 어떤 영향을 미칠지도 알 수 없었다.

한빈은 조용히 초식을 떠올렸다.

'진룡파혼검.'

비급 기본편에 있던 심(心)의 속성 열 개와 남아 있던 삼 년의 공력이 사라졌다.

동시에 몸 곳곳에서 묘한 기운이 양손으로 모였다.

더는 기운이 모이지 않는다고 생각할 때 그 기운은 월아의 손잡이로 흘러들어 가기 시작했다.

한빈은 월아와 마치 하나가 된 듯한 묘한 기분을 느낄 수 있었다.

월아의 손잡이에서 검신으로 흘러들어 가는 기운이 검 끝에 모였다.

검 끝에 투명한 구슬이 생겨났다.

한빈은 눈을 가늘게 떴다.

투명한 구슬은 마치 여의주 같았다.

월아는 여의주를 물고 있는 용이 되었다.

순간 한빈의 마음에 따라 검이 움직였다.

실제 움직인 것은 정확히 한 뼘.

흔히 발하는 촌경(寸勁)의 수법과도 같았다.

동시에 월아 끝에 모인 여의주가 벽에 닿았다.

팡!

그리 크지 않은 타격음이 연공실을 울렸다.

타격음의 끝에 한빈의 앞에는 검은 먼지가 휘날렸다.

먼지가 조금씩 가라앉자 한빈은 저 너머의 공간을 확인할 수 있었다.

한빈은 뚫린 벽으로 천천히 걸어갔다.

그의 발걸음에 맞춰 상대도 반대쪽에서도 다가왔다.

상대는 아직 남아 흩날리는 먼지를 뚫고 다가와서 한빈에게 포권했다.

"주군, 저 왔어요."

"고생했어, 심 부대주."

한빈이 씩 웃자 심미호가 주변을 둘러보더니 고개를 갸웃했다.

"주군, 이게 뭔가요? 혹시 진천뢰라도 터뜨리신 건가요? 아님 혼원벽력탄이라도?"

"비밀이야. 궁금하면……."

한빈이 놀리듯 말하자 심미호가 억울하다는 표정으로 말했다.

"너무하세요, 주군. 저 산 뚫고 나왔어요. 그런데 비밀이라니!"

"그럼 이번만 말해 줄게. 심 부대주가 익힌 파혼검의 마지막 단계야. 지금은 일 성이지만, 나중에는 이렇게 되겠지."

한빈은 살짝 거짓을 보탰다.

하지만, 이것은 그녀에게 동기부여가 될 것이었다.

어찌 보면 선의의 거짓.

"헉!"

심미호가 눈을 크게 떴다. 그것도 잠시 심미호의 고개가 살짝 기울어졌다.

"그런데 제가 파혼검의 일 성에 성공한 걸 어떻게 아셨어요? 주군."

"원래 부하와 가족의 마음은 만 리가 떨어져 있어도 느껴지게 마련이잖아. 그렇다고 너무 감동하지는 말고. 심 부대주."

"아, 어떻게 감동을 안 해요. 주군. 무쇠도 가루로 만드는 검법을 주셨는데요."

흙투성이 눈가에 눈물이 맺혔다.

하지만 한빈은 눈을 가늘게 떴다.

"무쇠라고?"

"네, 무쇠요. 분명히 저를 가로막고 있는 것은 무쇠였어요. 그것도 새까만 무쇠요."

한빈은 바닥에 떨어진 먼지를 손으로 쓸었다.

그러고는 맛을 봤다.

그 모습에 심미호가 화들짝 놀라 외쳤다.

"주군! 아무리 배가 고파도 왜 먼지를 먹고 그래요. 제가 육포라도 드릴까요?"

"괜찮아, 심 부대주. 나는 운이 정말 좋은가 봐."

한빈이 씩 웃었다.

황보만청이 아무렇지도 않게 말해 준 황보세가의 전설은 사실이었다.

그때 뒤쪽에서 황보만청이 아들을 등에 업고 다가왔다.

그러고는 놀란 듯 눈을 크게 뜨고 한빈과 심미호를 바라봤다.

번갈아 둘을 보던 황보만청의 시선이 심미호에게 고정됐다.

"대, 대체 누구신가?"

갑자기 툭 튀어나온 황보만청을 본 심미호가 눈을 크게 떴다.

누군가가 한빈의 옆에 있으리라고는 상상하지 못했던 그녀였다.

이번 작전명이 '도굴'이었으니 당연히 은밀함은 기본으로 깔고 갔어야 했다.

그런데 '도굴'이라 붙인 작전에서 왜 황보세가의 가주가 나온다는 말인가?

도굴을 주인 허락받고 하는 이상한 상황이 되어 버렸다.

심미호는 자신도 모르게 고개를 돌렸다.

그녀의 표정을 본 한빈이 재빨리 나섰다.

"이쪽은 적혈맹호대의 부대주입니다."

한빈이 심미호를 소개하자 황보만청이 인자한 표정으로 말했다.

"그렇군, 나는 황보만청이라 하네."

황보만청이 사람 좋은 얼굴로 먼저 인사하자 심미호가 재빨리 포권했다.

"가주님, 처음 뵙겠습니다. 저는 적혈맹호대 부대주 심미호라고 해요."

"대단하군."

"대단하다니요?"

"지금 벽을 뚫은 기술 말일세. 내 강호 경험이 적지는 않은 터인데, 이렇게 깔끔하게 벽을 뚫는 기술은 처음 보네. 혹시 광부 출신인가?"

"호호, 광부 출신은 아니에요."

"허허, 그럼 더 대단하군. 이 수법에 대해서 내게 잠깐 귀
띔해 줄 수 있겠는가?"

"……."

심미호는 말없이 한빈을 바라봤다.

왜 이런 오해를 하는지 심미호는 황당했다.

황보만청은 이 통로를 심미호가 뚫었다고 오해하는 것 같
았다.

그때 한빈이 슬쩍 눈짓을 한다.

대충 둘러대고 용돈이나 챙기라는 신호였다.

신호를 받은 심미호가 말했다.

"뭐, 나중에 말씀드릴게요. 그냥은 안 되고요."

심미호가 엄지와 검지를 예쁘게 말아 쥐었다.

그 모습에 황보만청이 헛웃음을 터뜨렸다.

"허허."

주인이나 수하나 속이 너무 똑같았다.

그 모습에 한빈이 웃었다.

한빈은 황보만청이 왜 이런 오해를 하는지 알고 있었다.

그것은 한빈이 시전한 반박귀진 때문이었다.

용린검법의 반박귀진이 놀라운 것은 평상시의 경지뿐 아
니라 무공을 시전할 때의 경지도 철저하게 감춰 준다.

이것이 바로 오늘 알게 된, 반박귀진의 말도 안 되는 장점

이었다.

지금 진룡파혼검을 사용했지만, 황보만청은 그 기세를 못 느꼈을 것이었다.

반면 실망스러운 점도 있었다.

바로 진룡파혼검의 활용이었다.

여의주를 문 용이 무쇠 벽 하나를 삭제하는 무시무시한 초식.

하지만, 실전에서 쓰기에는 무리였다.

기를 모을 시간을 기다려 주는 적은 세상에 없으니까.

한빈은 진룡파혼검의 활용에 대해서는 조금 더 생각해야 했다.

상념을 마친 한빈은 심미호와 황보만청의 대화를 지켜보았다.

대충 보니 황보만청은 심미호에게 황금 한두 냥 정도는 털릴 것 같았다.

"오호, 그렇다는 말이지. 나중에 더 소상히 가르쳐 주게."

"걱정하지 마세요, 가주님."

조용히 심미호와 황보만청의 대화를 지켜보던 한빈이 급히 끼어들었다.

"일단 여기서 나가시는 게 먼저인 것 같습니다."

말을 마친 한빈은 힐끔 황보만청의 등에 업힌 이 공자를 바라봤다.

한빈의 눈짓에 황보만청이 고개를 끄덕였다.

"내가 환자를 잊고 있었군. 빨리 안내하게."

"네, 알겠습니다."

한빈이 돌아서자 심미호가 재빨리 지도를 건넸다.

"여기 있어요. 주군이 그려 주신 통로에 제가 발견한 통로까지 표시해 뒀어요."

"괜찮아. 대충 감으로 찾아가면 되니까."

한빈이 손을 내저으며 앞장섰다.

"그래도 통로가 좀 복잡……."

"괜찮아. 심 부대주, 내 감 믿지?"

"네, 믿긴 하지만요……."

심미호가 말끝을 흐리자 한빈이 걸음을 재촉했다.

한빈은 이 통로를 어떻게 알고 있었던 것일까?

이치는 간단했다.

전생의 기억 덕분이다.

물론 귀검대 시절에는 황보세가의 정문을 통해 이곳을 조사하지 않았다.

마교의 흔적을 찾다 보니 우연히 가람산과 연공실이 이어진 통로를 찾았던 것.

심미호에게 그려 준 지도도 그때의 기억에 의한 것이었다.

한빈이 앞장서 통로를 빠져나갈 때 황보만청은 호기심을 억누르지 못하고 계속 심미호를 관찰했다.

황보만청이 보기에 심미호는 영락없는 광부였다.

곡괭이를 쥔 모습 또한 그리 자연스러울 수가 없었다.

황보만청은 지금 하나의 결심을 하게 되었다.

황보세가에도 특수한 작전을 펼칠 특작조를 편성해야겠다고 말이다.

다음 날, 가람산 중턱.

황보만청은 둘째 아들을 장자명에게 맡긴 후, 가문 내 일을 처리하고는 한빈의 요청으로 이곳 산기슭까지 왔다.

둘은 널찍한 바위를 탁자 삼아 차를 즐겼다.

누가 보면 신선 둘이 지상에 내려왔다고 착각할 법한 모습이었다.

찻잔을 든 둘은 서로의 눈을 바라보고 있었다.

차향이 퍼져 나가는 만큼 어색함도 짙어졌다.

생명이 오락가락하던 것이 어제였다.

황보만청은 오대세가의 가주.

한빈은 오대세가 중 한 곳인 하북팽가의 소가주 후보에 불과했다.

신분의 차이는 그야말로 하늘과 땅 차이.

황보만청은 머리에 피도 안 마른 후기지수와 옷을 홀딱 벗

하북팽가 검술천재

고 같이 목욕한 느낌이었다.

이제 다시 평온을 찾자 살짝 어색함이 찾아온 것은 당연한 일일 수도 있었다.

물론 한빈은 어제와 마찬가지로 여유 있게 황보만청을 바라봤다.

잠시의 침묵이 오간 후 먼저 입을 연 것은 한빈이었다.

"이제부터 계가를 시작할까 합니다? 가주님."

계가란 바둑을 끝내고 승부를 계산하는 과정을 말한다.

한빈의 말에 황보만청이 고개를 기울였다.

"계가라?"

"대국이 끝났으면 당연히 계가를 시작해야 하지 않을까요?"

"대국이 벌써 끝났는가?"

황보만청은 고개를 살짝 흔들었다.

그 모습에 한빈이 웃었다.

"이제 겨우 첫판이 끝난 것이지요."

"굳이 계산할 필요가 있을까?"

"계가도 하고 복기도 해야 다음에는 이런 실수를 안 하겠죠."

"실수라, 자네가 실수한 적이 있던가?"

"네, 마지막에 잡을 수 있는 대마(大魔)를 놓쳤죠."

"하지만 대마(大馬)를 살리기도 하지 않았나?"

"제가 힘쓴 게 뭐 있나요? 대마불사라는 바둑 명언 그대로 이루어진 거죠."

"앞으로는 어떻게 하겠나?"

"대마즉사(大魔卽死)를 위해 힘을 써야겠지요."

"대마불사와 대마즉사라……."

황보만청은 하늘을 올려다보며 말끝을 흐렸다.

마치 자신의 어깨에 무거운 짐이라도 올려놓은 듯 부담을 가득 안은 표정이었다.

한빈은 얼굴에 미소를 띤 채 말을 이었다.

"저희가 바둑돌이 되어서는 안 된다는 것이 중요합니다."

"나도 동의하네."

황보만청이 고개를 끄덕였다.

둘이 주고받는 의미는 간단했다.

바둑판 위의 살아 있는 돌과 죽은 돌이 될 필요가 없이, 자신들이 바둑돌을 놓는 입장이 되어야 한다는 것이다.

김이 모락모락 나는 찻잔을 앞에 두고 선문답 같은 계획을 주고받던 황보만청이 뭔가 생각났는지 눈을 빛냈다.

"자네가 연공실에서 한 마지막 말 말일세."

"마지막 말이라니요?"

"황보세가의 전설이 진짜라고 했던 그 말이 조금 걸리네만……."

"그러지 않아도 말씀드리려고 했습니다."

"궁금하니 빨리 말해 주게. 황보세가의 진정한 힘을 그곳에서 봤는가?"

"네, 봤습니다."

"그게 무엇인가?"

"저희를 위협했던 쇳덩이입니다."

"그럼 기관 장치가 황보세가의 진정한 힘이라는 말인가?"

"혹시 그곳을 조사해 보지 않으셨습니까?"

"그건 자네가 책임지고 조사하기로 하지 않았던가? 자네 말대로 괜히 우리 쪽에서 건드려 봤자 비밀이 새어 나갈 가능성만 커지네. 그리고 둘째의 상태를 살피느라 그쪽을 돌아볼 생각도 못 했다네."

"네, 제가 볼 때는 그 무쇠는 보통 쇳덩이가 아닙니다."

"보통 쇳덩이가 아니라고?"

황보만청은 놀란 듯 눈을 크게 떴다.

그 모습에 한빈이 손을 저었다.

"그리 놀라지는 마시고요. 건강에 안 좋습니다. 그 쇠는 바로 흑철입니다."

"흑철이면 남해의 보물이라 하는……."

"네, 맞습니다. 좀 과장을 보태서 같은 크기의 진주만큼 비싸다는 그 흑철이 분명합니다."

"허허. 어떻게 그런 일이 있을 수가 있는가?"

"그 정도의 흑철이면 강북 무림에 변화를 일으키기에 충분하죠."

황보만청의 눈가가 살짝 떨렸다.

한빈의 말이 사실이라면 그 파장은 어마어마했다.

자신을 깔아뭉갤 듯 떨어지던 흑철은 전각 하나를 덮고도 남을 양이었다.

세가의 힘을 잴 수 있는 저울이 있다면 가장 많은 영향을 미치는 것이 무엇일까?

이 질문에 강호인이라면 무력을 향상시킬 수 있는 영약과 비급을 꼽을 것이었다.

하지만, 여기에는 약간의 착오가 숨어 있었다.

비급을 보고 당장 내일 강해질 수 있을까?

영약을 먹으면 바로 상대를 압도할 수 있을까?

비급을 익힐 시간.

영약을 충분히 자신의 공력으로 흡수할 시간.

즉, 절대적인 시간이 필요하게 마련이었다.

하지만, 보검이라면 이야기가 다르다.

보검으로 상대의 무기를 반 토막 낸다면?

같은 경지 혹은 한 단계 정도 차이라면 충분히 가능한 이야기였다.

한 가문의 무위가 비약적으로 상승할 기연이 굴러들어 온 것이다.

쿵. 쿵.

묘한 야망이 황보만청의 가슴을 두드렸다.

그때 한빈이 나지막한 목소리로 그의 상념을 깨웠다.

"흑철도 반은 제 것이라는 거 아시죠? 어르신."

"아······."

황보만청은 옅은 탄성을 뱉어 냈다.

이제야 한빈과 맺은 계약이 떠오른 것이다.

한빈이 다시 한번 확인하려는 듯 말을 이었다.

"남아일언은······."

"알았네, 중천금이라네. 황보세가의 가주가 설마 두말을 할까?"

"네, 그럼 믿겠습니다."

"알았네. 그리고 이것을 받게."

황보만청은 가죽 주머니 하나를 쓱 내밀었다.

한빈이 묵철 바둑알을 담아 황보만청에게 준 주머니보다 몇 배 큰 주머니였다.

한빈은 본능적으로 그 주머니를 받았다.

그러고는 주머니를 슬쩍 열어 봤다.

"이게 뭡니까? 이건 제가 드린 묵철 바둑알이 아닙니까? 그런데 개수가······."

"내가 가문에 남은 묵철을 갈아 넣었네."

"그런데 왜 검은 돌뿐입니까?"

"백색 돌은 넉넉하게 만들어 내가 가지고 있다네."

"한 가지 돌만 가지고 있으면 무용지물 아닌가요?"

"이 백색 돌은 자네와 만나서 둘 때만 사용하겠네."

황보만청은 활짝 웃으며 자신의 옆에 가죽 주머니 하나를 더 놓고는 끈을 풀었다.

그곳에는 묵철과 은이 섞인 하얀 바둑알이 영롱한 자태를 뽐내고 있었다.

그때였다.

누군가가 다급히 다가왔다.

한빈이 힐끔 고개를 돌려 보니 지금 날렵하게 뛰어오는 사람은 심미호였다.

한빈이 고개를 갸웃하자 옆으로 다가오던 심미호는 슬쩍 황보만청을 바라보고 포권했다.

그러고는 한빈의 귀에 작은 목소리로 속삭였다.

"주군, 와 보셔야 할 것 같습니다."

"무슨 일이야? 흑철은 천천히 나눠도 된다니까?"

"그게 아니라……."

심미호는 더욱더 작은 목소리로 속삭이고는 자리를 떠났다.

심미호가 자리를 떠나자 한빈이 자리에서 일어나며 말했다.

"어르신도 가 보셔야겠습니다."

"흠, 앞장서게."

황보만청이 손을 내밀었다.

한빈은 황보세가의 담장 너머에서 백 보 정도 떨어진 곳에
도착했다.

그곳에는 물이 마른 우물이 있었다.

한빈은 정체불명의 무인이 이 우물을 통해 빠져나갔다고
생각하고 적혈맹호대에게 조용히 이곳을 수색할 것을 지시
했다.

심미호의 안내를 받아 도착한 우물 안에는 여기저기 횃불
이 꽂혀 있었다.

한빈이 용린검법의 초식을 운용했다.

'전광석화.'

'구걸십팔보.'

한빈이 풀 밟는 소리만 남기고 우물 안으로 사라졌다.

뒤쪽에서 팔짱을 끼고 바라보던 황보만청도 한빈의 뒤를
따랐다.

파박.

한빈의 예상대로 우물은 통로와 이어져 있었다.

몇 걸음 가던 한빈은 걸음을 멈췄다.

그러고는 작게 신음을 토했다.

"음."

그 소리에 뒤따라 오던 황보만청이 물었다.

"왜 그러는가?"

"저쪽을 보십시오."

한빈이 막힌 곳을 가리키자 황보만청도 침음을 흘렸다.

"흠."

황보만청이 놀란 눈으로 바라보는 곳에서는 피가 웅덩이를 만들고 있었다.

하지만, 이미 굳어 가고 있는 상황.

한빈은 천천히 그곳으로 다가가 피 웅덩이를 만든 원인을 가리켰다.

하북제일

한빈이 가리킨 곳에는 사람의 팔 하나가 삐져나와 있었다.

한빈은 그 앞에서 진지한 표정으로 코를 씰룩였다.

그러고는 옆으로 튀어나와 있는 소매를 확인하고 황보만청을 바라봤다.

"이자는 이 공자로 변장을 했던 정체불명의 적이 분명합니다."

한빈이 살핀 것은 세 가지였다.

첫째가 천리추종향의 흔적이었고 둘째가 복장이었다.

마지막은 손바닥에 남은 흔적.

그 손바닥에는 분명히 검술을 익힌 자의 흔적이 남아 있었다.

손바닥의 잔주름과 굳은살을 자세히 보면 검법까지도 유추할 수 있기 마련이었다.

검을 맞댄 한빈은 그 흔적을 찾을 수 있었다.

황보만청도 고개를 끄덕인다.

"복장을 보면 확실하군."

"동일인일 확률이 구 할 정도 됩니다."

"구 할이라?"

"네, 이 정도 시간이면 타인에게 옷을 입히고 여기에 대신 밀어 넣을 수도 있으니까요."

"그 일 할의 예외가 좀 찜찜하군. 왜 일 할의 찜찜함을 남겨 두는 것인가?"

"그야 하늘이 정한 예외지요. 모든 일에 일 할의 예외는 두고 방비하는 게 강호의 진리가 아니겠습니까?"

"자네 얼굴 한번 확인해도 되겠나?"

"얼굴은 어제 만져 보시지 않았습니까?"

"자네를 보니 강호에서 몇십 년은 구른 것 같아서 하는 말일세."

"하하, 무가(武家)라면 기본적으로 받는 교육 아닙니까?"

"그건 그렇지. 흠."

황보만청은 반사적으로 고개를 끄덕였다.

하지만 속마음은 그렇지 않았다.

이 모든 게 무가의 기본 소양이라고 한다면 그것은 태어날 때부터 검을 손에 쥐고 나왔다는 말과도 같았다.

세상에 그런 자가 어디 있을까?

그렇다고 한빈의 말을 부정하기엔 황보세가의 얼굴이 깎이는 것 같아 마지못해 수긍했던 것이다.

한빈은 황보만청의 떨떠름한 표정을 보고는 말을 이었다.

"가주님께서는 마음 편히 다음 일을 진행하면 될 것 같습니다."

"나도 그렇게 생각하네."

"그리고 아무래도 이쯤 해서 대국의 계가는 끝내야 할 듯싶습니다."

"고생했네. 그리고 고맙네."

"중요한 건 지금부터입니다."

"자네 생각을 솔직히 말해 주게."

황보만청은 표정은 그 어느 때보다 진지했다.

잠시 주변을 둘러본 한빈이 조용히 말을 이었다.

"일단 제안드릴 것이 있습니다."

"가능한 한 들어주겠네."

"가장 중요한 것은 황보세가에 아무 일도 없었던 것처럼 행동해야 하는 점입니다."

"아무 일도 없었던 척을 하란 말인가? 적이 심어 놓은 첩자가 있다면 솎아 내야 할 것이 아닌가?"

황보만청은 고개를 갸웃했다.

그 모습에 한빈이 말했다.

"적을 찾아내는 게 중요한 것이 아닙니다."

"그럼 무엇이 중요하다는 말인가?"

"적의 꼬리를 밟는 것입니다."

"꼬리라……"

"언젠가는 이 공자에게 접근하는 자가 있을 겁니다. 식솔이 될 수도 있고, 외부인이 될 수도 있겠죠."

"함정을 파 놓자는 이야기군."

"네, 그렇습니다. 좋아하시는 바둑을 예로 들면 축이 나올 수 있는 판을 만들자는 말입니다."

"축이라……. 자네 말에 동의하네."

황보만청의 주름이 보기 좋게 꿈틀댔다.

누가 봐도 기분 좋은 표정.

한빈이 말한 축이란, 갈지자로 도망쳐도 계속 단수가 되어 끝까지 몰리게 되면 죽을 수밖에 없는 바둑의 수법을 말한다.

황보만청의 호의 가득한 모습에 한빈이 말을 이었다.

"그리고 저에 대한 호의도 보이시면 안 됩니다."

"자네와의 관계까지 숨기라는 말인가?"

"네, 부탁드립니다. 저는 황보세가에 상처를 남긴 적이 마교가 아닐지도 모른다는 생각이 듭니다."

"거기까지는 나도 동의하는 바이네. 그 후 계획은 있는가?"

"제 얘기는 여기까지입니다."

"그럼 나도 한마디 하지."

"네, 말씀하시지요."

"내놓게."

"내놓다니 뭘 말씀하시는지요?"

"오행 패 말일세."

"아, 오행 패라……."

"하북팽가의 확실한 아군이라면 황보세가밖에 더 있겠
나?"

씩 웃으며 손을 내미는 황보만청.

한빈은 그 모습에 속으로 혀를 찼다.

잠시도 방심할 수 없었다.

강호를 종횡하다 보면 태산을 가를 듯한 무공보다 사람을
옭아 넣는 심계가 더 무서울 때가 있다.

한빈은 문득 그보다 더 무서운 것이 집념이 섞인 호의인
것 같다는 생각이 들었다.

한빈의 표정을 본 황보만청이 말했다.

"조만간 하북팽가에 들르겠네."

황보만청이 사람 좋은 얼굴로 바라보자 한빈은 조용히 고
개를 들었다.

'이 부담감은 과연 무엇일까?'

한빈이 황보세가를 떠난 것은 정확히 이틀 뒤였다.

황보세가에서는 가주의 축객령으로 한빈이 떠났다는 소문이 파다했다.

황보세가 내부에서는 '그럼 그렇지.' 하는 반응이 지배적이었다.

그중 가장 흥분한 것은 황보견우였다.

소식을 들은 황보견우는 씩씩대며 집법당주 황보서현을 찾았다.

"집법당주님, 왜 하북팽가의 사 공자를 그냥 보내셨습니까?"

"그럼 그냥 보내지 않으면 어떻게 하는 게 좋을까?"

황보서현이 황보견우를 보며 눈을 가늘게 떴다.

그녀는 가주와 한빈 간의 밀약을 알고 있는 몇 안 되는 사람 중 하나였다.

황보견우가 가문을 물려받을 소가주이긴 하지만, 비밀을 알리기에는 시기상조라는 것이 가주와 황보서현의 판단이었다.

황보견우는 자신이 동생이 며칠 동안 바뀌었다는 것도 모르고 있었다.

하지만 황보견우를 이렇게 놔둘 수는 없는 법이었다.

황보서현은 극약 처방을 하기로 결심한 상태였다.

그녀의 속을 모르는 황보견우는 살짝 목소리를 높였다.

"남의 가문에 쳐들어와서 마음대로 휘저은 다음에 꽁무니가 빠지게 도망친다는 것이 말이나 됩니까?"

"사실 꽁무니가 빠지게 도망친 것은 아니다."

"그럼 뭡니까?"

"조용히 내보낸 거지. 먼저 이걸 봐야겠구나."

황보서현이 잘 접힌 서찰 하나를 황보견우에게 던졌다.

획.

황보견우는 반사적으로 서찰을 받아 펼쳤다.

서찰을 확인하던 황보견우의 눈이 보름달처럼 커졌다.

서찰을 든 황보견우의 손이 덜덜 떨렸다.

"이게 대체 뭡니까?"

"거기 나와 있는 대로다. 네 팔을 보전하는 대신 지급할 돈과 네가 가주가 되기 위해 넘어야 할 마지막 관문. 너는 같은 오대세가의 직계를 모함해 놓고 그냥 넘어갈 줄 알았느냐?"

"그건 아니지만……."

"황보세가는 네 행동 하나에 상상도 못 할 대가를 치렀다."

"그럼 제가 하북팽가의 사 공자에게 인정을 받아야 가주가 될 수 있다는 말입니까?"

"그게 가주님의 뜻이야. 어떻게 할래?"

"……"

황보견우는 넋이 나간 표정으로 서찰을 바라봤다.

그것도 잠시 이해가 안 된다는 표정으로 물었다.

"아버님이 축객령을 내렸다는 소문은 또 뭡니까?"

"그럼 황보세가가 털렸다고 소문나면 좋겠어?"

"그거야……."

"이게 정치라는 거야. 너도 황보세가의 대공자로서 지금부터는 정치를 좀 배워야겠다."

"무슨 정치를 말씀하시는 겁니까?"

"하북팽가의 사 공자를 어떻게든 네 편으로 만들어라. 이게 가주님의 지시이자, 내 명령이다."

"제, 제 편이라고요……?"

황보견우의 눈동자가 지진이라도 난 것처럼 마구 떨렸다.

서찰과 황보서현의 말을 종합하면 이제 하북팽가 사 공자, 팽한빈의 밑에 엎드려야 한다는 것이 결론이었다.

이건 황보견우에게는 청천벽력과 같은 소식이었다.

잠시 후, 집법당에서 나온 황보견우는 이를 부득부득 갈며 속으로 같은 이름을 몇 번이나 외쳤다.

'팽한빈, 팽한빈! 이 사기꾼 같은 놈!'

그 후 황보견우는 눈만 뜨면 같은 이름을 외치며 이를 갈아야 했다.

열흘 후 이른 아침 가람산 중턱.

한빈은 귀를 후비며 고개를 갸웃했다.

"누가 자꾸 내 이름을 부르는 것 같은데, 내가 천리지청술이라도 깨달은 건가?"

"공자님, 저는 아무것도 안 들려요."

설화가 고개를 갸웃하자 옆에 있던 이무명이 맞장구쳤다.

"맞습니다, 사부."

그 모습에 한빈이 활짝 웃으며 말했다.

"목소리 들어 보니 이제 기운이 나나 보네."

"아, 아닙니다."

"에이, 목소리에 활기가 넘치는데. 이제 다시 가 봐."

"사, 사부."

"내가 항상 말하잖아. 나약하게 굴지 말라고. 어서."

한빈이 턱짓으로 옆을 가리켰다.

한빈이 가리키는 곳에는 무덤이 있었다.

그 무덤은 황보세가의 연공실과 연결된 통로였다.

무덤을 본 이무명의 어깨가 가늘게 떨렸다.

이무명은 왜 이런 반응을 보이는 것일까?

이유는 간단했다.

지금 이무명과 적혈맹호대 대원들은 하북으로 가져갈 흑

철을 캐내는 중이었다.

사실 캐낸다는 의미는 적절하지 못했다.

원래 있던 흑철 덩어리를 옮길 수 있는 크기로 자르는 작업 중이었다.

문제는 흑철의 강도에 있었다.

칼질 몇 번 망치질 몇 번에 조각난다면 그것을 흑철이라 할 수 있을까?

흑철을 자를 수 있는 것은 오로지 파혼검의 초식밖에 없었다.

한빈이 적혈맹호대 전원에게 파혼검의 초식을 가르쳐 주었지만, 지금 사람 구실을 하는 것은 정확히 셋밖에 없었다.

그것은 설화와 이무명 그리고 심미호였다.

심미호는 식량을 조달하기 위해 마을과 가람산을 왕복 중이고 설화는 은밀하게 주변을 경계 중이었다.

그런 관계로 이무명 혼자 흑철을 조각내고 나머지는 흑철을 통로 밖으로 빼내고 있었다.

그 결과 이무명은 탈진 상태가 되었다.

몸이 회복되려면 적어도 두 시진은 쉬어야 할 텐데 한빈이 다시 통로로 들어가라고 하니 죽을 맛이었다.

"끄응!"

앓는 소리를 낸 이무명이 자리에서 일어났다.

그 모습을 보던 한빈은 눈을 가늘게 떴다.

사실 한빈이 내려가서 흑철을 조각내면 간단히 끝날 수도 있었다.

하지만 한빈이 이러는 데에는 이유가 있었다.

한빈은 이무명이 절정에서 초절정으로 올라설 가능성을 보았기 때문이었다.

마치 몸의 어딘가에 영약을 숨겨 놓고 한계에 다다를 때마다 조금씩 푸는 느낌이었다.

몸을 돌려 무덤으로 향하려던 이무명이 애처로운 눈빛으로 설화에게 물었다.

"지금 제일 편한 게 누굴까?"

"저는 아니에요. 저도 나름대로 힘들어요, 무명 아저씨."

설화가 손을 내젓자 이무명이 말했다.

"네 얘기 한 게 아니라 철노 얘기한 거야. 울 사부 주변에서 제일 편한 게 철노인 것 같아서. 부럽다."

"저도 부러워요. 저잣거리 당과가 그리워요."

"좀 도와주지 않을래? 도와주면 당과는 사 달라는 대로 다 사 줄게."

그들의 대화에 한빈이 끼어들었다.

"절대 불가!"

한빈의 말에 이무명은 고개를 푹 숙였다.

같은 시각 하북의 어느 객잔 앞.

　　말끔하게 차려입은 사내가 의미심장한 표정으로 음식점의 문을 바라보고 있었다.

　　사내는 머뭇거리다가 구석으로 가 벽에 기댄 채 음식점을 다시 바라봤다.

　　그때 음식점의 문이 살짝 열리더니 누군가가 목을 빼죽 내밀었다.

　　제법 예쁘장한 얼굴의 여인이었다.

　　이십 대 중반의 여인은 누군가를 기다리는 듯 두리번거렸다.

　　한참을 두리번거리던 여인의 시선이 구석에 있던 사내에게 멈췄다.

　　순간 여인은 문을 열고 달려갔다.

　　덜컹.

　　그녀는 재빨리 사내 앞으로 다가가 그의 소매를 잡아끌었다.

　　사내는 마지못해 그녀에게 끌려갔다.

　　사내를 객잔으로 끌고 간 여인이 말했다.

　　"철노 오라버니, 왜 이렇게 늦었어요?"

　　사내의 정체는 바로 철노였다.

철노는 어색하게 웃으며 뒷머리를 긁적였다.

"미안, 내가 좀 바빠서."

"제가 얼마나 기다렸는데요."

여인은 서운하다는 듯 입을 살짝 내밀었다.

그 모습에 철노가 미안하다는 듯 말을 이었다.

"우리 공자님이 시킨 일이 산더미거든. 우리 공자님은 내가 없으면 밥숟가락도 못 드는 분이라서……. 뭐, 내가 떠먹여 준다는 건 아니지만, 어쨌든 우리 공자님은 내가 없으면 아무것도 못 하거든."

"아."

"이번에는 산동으로 떠나시면서 일을 산더미처럼 맡겨 놓는 바람에……."

철노는 활짝 웃으며 며칠간 자신이 한 일을 늘어놓았다.

이야기를 듣고 난 여인이 말했다.

"공자님이란 분, 너무하시네요. 딱 봐도 오라버니는 몸도 약한데 일을 너무 많이 시키는 거 아니에요?"

여인은 검지로 철노의 머리부터 발끝까지 가리키며 안타까운 표정을 지었다.

철노의 구릿빛 얼굴이 기분 좋게 흔들렸다.

사실 철노는 누가 봐도 건장해 보였다.

무공은 하지 못하지만, 체격만 본다면 일류 무인의 신체였다.

누가 본다면 여인의 눈이 잘못되었다고 한숨을 쉬었을 수밖에 없는 상황.

하지만 철노는 기분 좋게 손을 흔들었다.

"우리 공자님은 그런 사람 아니야. 그리고 중요한 건 나 몸약하지 않아. 내가 이래 봬도 왕년에……."

철노는 자신의 가슴을 팡팡 치며 '왕년에'로 시작되는 허풍을 늘어놓기 시작했다.

침이 마르도록 허풍을 늘어놓던 철노가 뭔가 기억난 듯 재빨리 주변을 두리번거렸다.

"참, 준비는 된 거지?"

철노의 진지한 물음에 여인이 답했다.

"네, 오라버니. 준비해 놨어요. 오늘을 위해 목욕재계까지 했는 걸요."

"에이, 그럴 필요는 없는데."

"아니에요. 오라버니가 청결이 필수라고 하셨잖아요."

여인이 뒷머리를 긁적이자 철노가 말했다.

"하긴, 이 일의 기본은 청결이지."

"네, 맞아요."

"그럼 시작하지."

"네, 오라버니."

말을 마친 여인은 앞장섰다.

여인이 향한 곳은 객잔의 문과는 정반대에 있는 주방이었다.

치렁치렁 천으로 가려진 주방으로 들어간 여인이 커다란 도마 위를 가리키며 말했다.

"오라버니가 말한 재료예요. 가능한 한 전부 다 준비했어요."

"그래, 이제 시작해 보자고."

말을 마친 철노는 먼저 소매를 걷고 옆쪽에 준비된 물에 손을 씻었다.

그 모습을 여인은 넋이 나간 표정으로 바라봤다.

여인의 이름은 장수정.

그녀는 이곳 수정반점을 아버지에게 물려받아 운영하고 있었다.

곧 장수정은 철노와의 첫 만남을 떠올렸다.

그녀가 아버지에게 물려받은 것 중 가장 중요한 것은 이곳이 아니었다.

가장 자부심을 가지고 있는 것은 바로 아버지에게 물려받은 요리 비법이었다.

그 요리 비법이 다행히 이곳 사람들에게 어느 정도 먹혀, 근근이 생계를 유지하고 있었다.

그런데 어느 날, 낯선 사람이 들어와서는 만두를 맛있게 먹더니 한숨을 내쉬었다.

먹는 모습이 하도 복스러워서 칭찬을 기대하고 있었는데, 갑자기 내쉰 한숨이 장수정의 호기심을 자극했다.

그렇게 호기심 때문에 물어봤는데, 사내의 입에서 나온 것은 뜻밖에 만두에 대한 신랄한 비평이었다.

이것은 장수정의 심기를 건드려 났다.

성인이 되어서 상대방의 멱살을 잡고 싸운 것은 진짜 처음이었다.

어찌나 심하게 싸웠는지 사내의 옷고름까지 찢어 놓았다.

그 사내가 바로 철노였다.

그렇게 싸우고 헤어진 후 장수정은 철노가 한 말을 곰곰이 떠올려 봤다.

'만두는 만두다워야 한다!'

'간은 밖으로 새어 나오는 것이 아니라 안으로 갈무리되어야 진정한 맛을 낼 수 있다.'

'반죽은 이래야 한다. 저래야 한다.' 등등.

사실 모두 맞는 말이었다.

그것이 장수정의 기분을 더욱 씁쓸하게 만들었다.

이것이 기억 한편에 추억으로 남아 있는 철노와의 첫 만남이었다.

그녀가 철노와의 만남을 악연이라 생각하며 쓴웃음을 짓던 어느 날이었다.

수정반점이 문을 닫을 무렵, 철노가 대나무 통에 음식을 싸 들고 왔다.

탁자 위에 대나무 통을 탁 내려놓으며 철노가 던진 말을
딱 한마디였다.

—한번 맛보슈.

그녀는 반신반의하며 만두를 집어서 베어 물었다.
그때의 짜릿함을 생각하면…….
그녀의 상념은 철노의 반죽 소리에 깨졌다.
탁. 탁.
철노의 섬세한 움직임에 반죽이 도마 위에서 춤을 추었다.
장수정은 그 모습을 눈에 담았다.
저 솜씨는 그녀가 요즘 많이 보던 동작이었다.
첫 만남 이후 철노는 가끔 이곳에 와서 만두를 만들어 줬다.
덕분에 지금 수정반점은 호황을 누리고 있었다.
가끔 수정반점에 나타나는 하북제일의 맛.
그 맛이 언제 올지 모른다는 것이 하북성 사람들의 애를
타게 하고 더욱 군침을 돌게 만들었다.
장수정은 그 맛을 자신의 것으로 만들고 싶었다.
그 요구에 철노는 흔쾌히 응해 줬다.
그 비법을 전수받기 위한 날이 바로 오늘이었다.
탁. 탁.

반죽을 하던 철노가 힐끔 장수정을 바라봤다.

"반죽에는 일정한 공기가 들어가야 해. 잘 봐 봐."

탁.

철노가 반죽을 커다란 도마 위에 내려쳤다.

그 모습에 장수정은 조심스럽게 고개를 끄덕였다.

"네, 철노 오라버니."

장수정의 말에 철노가 다시 반죽에 집중했다.

철노가 만두에 이처럼 애착을 가지고 있는 이유는 무엇일까?

사실 그 이유는 한빈 때문이었다.

가문 내에서 괴롭힘을 당하는 한빈에게 해 줄 수 있는 것은 그가 좋아하는 만두를 만들어 주는 일밖에 없었다.

한빈의 입맛에 맞추다 보니 철노가 직접 만들게 되었고 현재의 비법이 완성된 것이었다.

❧

철노와 장수정의 새벽은 후딱 지나갔다.

이윽고 수정반점의 개점 시각이 다가오자 철노는 주방에서 나와 창가 자리에 앉았다.

그때 주방을 정리하고 돌아온 장수정이 철노의 맞은편에

앉았다.

"뭘 그렇게 생각하세요? 철노 오라버니."

"갑자기 우리 공자님 생각이 나서."

"또 공자님이에요?"

"뭐, 우리 공자님 얘기는 아니고, 우리 공자님의 제자가 된 친구 얘기야."

"무슨 얘기인데요?"

"이무명이란 친구인데, 우리 공자님하고 검을 처음 맞대고 나서 백아와 종자기의 고사가 생각났다고 하더라고."

"그건 거문고에 대한 이야기잖아요."

"검도 음악과 같아서 자신의 검을 알아주는 사람이 있다고 생각하니 자신이 꼭 백아가 된 것 같다고 했거든. 그런데 내 기분이 그런 것 같아서."

"그게 무슨 말이에요? 오라버니."

"동생이야말로 내 만두의 진정한 맛을 알아주니까 하는 말이지."

철노는 장수정을 보며 어색하게 웃었다.

"······."

장수정은 아무 말 없이 얼굴을 붉혔다.

그 모습에 철노가 물었다.

"어디 아픈 거 아니야? 새벽부터 무리한 것 같은데, 지금 얼굴이 벌게졌어."

"아, 아니에요."

"오늘 쉬어야 하는 거 아니야?"

"아니에요."

장수정은 시선을 돌리며 손을 흔들었다.

그때 수정반점의 문이 열리며 풍경이 소리를 냈다.

땡.

그 모습에 철노가 말했다.

"첫 손님이 왔네. 이제 들어가 봐."

"아직 점소이도 안 왔는데요. 그리고 한 시진은 지나야 문 여는 시각이에요."

말을 마친 장수정은 쪼르르 손님에게 달려갔다.

그러고는 개점 시각을 알리고 돌려보냈다.

다시 자리에 앉은 장수정이 철노에게 말했다.

"알았어요. 그런데 한 가지 꼭 알아 두세요."

"뭐를 알아 둬?"

철노가 고개를 갸웃하자 장수정이 웃었다.

"호호. 철노 오라버니 만두 맛은 저만 알아주는 게 아니라는 걸요."

"에이, 진정한 맛을 알아주는 건 동생이 두 번째였어."

"첫 번째는 공자님이고요?"

"이제 잘 아네."

그들이 대화를 나누고 있을 때였다.

수정반점의 문이 열렸다.

고개를 돌린 장수정의 눈이 커졌다.

그 모습에 철노가 물었다.

"왜 그래?"

"철노 오라버니, 목소리 낮추세요. 저 사람들, 질이 좀 안 좋은 손님이에요."

장수정이 기어들어 가는 목소리로 속삭였다.

철노는 힐끔 자리에 앉은 손님을 바라봤다.

지금 들어온 이는 모두 네 명.

그들은 목덜미에 검은색 문신을 하고 있었다.

하북팽가의 밥을 먹는 철노도 어찌 보면 강호에 속한 자.

서당 개 삼 년이면 풍월을 읊는다는 말처럼 철노도 하북에 있는 문파는 어느 정도 꿰고 있었다.

지금 들어온 이들의 목덜미에 있는 것은 검은색 독사.

그들은 하북지역에서 방귀깨나 뀐다는 사파인 흑사문이었다.

흑사문은 어찌 보면 사파 중에는 가장 안하무인인 축에 속했다.

그들이 그럴 수 있는 가장 큰 이유는 이들을 중재할 힘이 없다는 점이었다.

흑사문은 강북에 위치해 있으면서도 묘하게도 강북 사파의 연합인 강북 사도련에 속하는 문파가 아니었다.

흑사문은 강남의 가장 큰 사파인 백사문의 하위 단체였기에 강남 사도련의 지휘를 받고 있었다.

그 때문에 그들은 안하무인 격으로 행동할 때가 많았다.

그중 하나가 철노 쪽을 보며 외쳤다.

"여기 빨리 주문 좀 받지!"

그 말에 장수정이 일어나려 하자 철노가 그녀의 손을 잡았다.

가능한 한 기분을 맞춰 주고 보내는 것이 좋다고 판단한 것이다.

철노는 재빨리 가서 고개를 숙이고 물었다.

"뭘 대령할까요?"

"여기 만두가 유명하다지. 만두 스무 판하고 죽엽청 다섯 병. 빨리 내오라고."

"네, 알겠습니다. 손님."

철노는 고개를 꾸벅 숙이고 장수정에게 달려갔다.

철노와 장수정은 재빨리 주방으로 들어가 만두를 준비하기 시작했다.

그 모습을 바라보는 사내 중 한 명의 눈빛에는 탐욕이 서려 있었다.

그의 이름은 설무익.

흑사문주의 아들이었다.

그는 무공보다 간계에 능했다.

남의 것을 빼앗아 돈을 버는 것이 일상이었다.

설무익은 본문이라 할 수 있는 백사문이 호출하는 바람에 장기간 하남에 있었다.

이 때문에 오랜만에 밟아 보는 하북 땅에서 벌일 일에 흥분하고 있었다.

그 첫 번째가 바로 이곳 수정반점이었다.

그가 여기에 온 것은 장안에서 소문난 만두 때문이었다.

그 비법을 빼앗고 수정반점도 인수할 계획이었다.

잠시 후.

철노는 만두 스무 판을 설무익 일행의 탁자에 깔았다.

"주문하신 만두 나왔습니다."

"그래, 술은?"

설무익이 힐끔 만두를 보고는 묻자 철노가 살짝 고개를 숙이며 죽엽청을 올려놨다.

"술도 여기 있습니다."

"그래, 수고했네."

설무익이 손짓하며 철노를 물렸다.

철노는 주방으로 돌아가며 고개를 갸웃했다.

뭔가 이상했던 것이다.

만두 스무 판이라?

아무리 무림인이라고 하지만, 너무 과한 양이었다.

게다가 기다리던 만두가 나왔는데 음식에는 눈길도 주지 않고 음식점을 둘러보고 있었다.

주방 안에서 철노가 의심의 눈초리로 보고 있을 때였다.

장수정이 낮은 목소리로 물었다.

"철노 오라버니, 왜 그래요?"

"뭔가 수상해서 그래."

"저 관아에 신고할 준비를 하고 있을까요?"

"응, 내가 손짓하며 신고해."

"알았어요, 오라버니."

장수정이 굳은 표정으로 고개를 끄덕였다.

차 한 잔 마실 시간이 지났을 때였다.

철노가 걱정하던 일이 펼쳐졌다.

갑자기 탁자를 내려치는 소리가 들렸다.

쾅!

덕분에 탁자 위에 쌓아 놓은 만두 판이 공중에 날아올랐다.

파바닥.

만두가 분수처럼 공중에서 비산하다가 곧 바닥에 떨어졌다.

철썩.

데구루루.

바닥을 굴러다니는 만두와 그릇.

철노가 장수정에게 손짓한 뒤 그들에게 달려갔다.

"손님, 무슨 일이신지요?"

"여기 숙수 나오라고 해."

"제게 말씀해 주시죠."

철노가 고개를 숙이자 설무익이 탁자 위에 반쪽 난 만두를 가리켰다.

"이게 뭐야?"

"만두에 문제가 있나요?"

"여기 봐 봐. 만두에 은침이 왜 나와? 나 이거 먹고 죽을 뻔했어."

"은침이라니요?"

"여기 안 보여?"

설무익은 만두 속을 파헤쳐 은침을 집어 철노의 눈앞에 갖다 댔다.

철노가 눈매를 좁히며 은침을 바라봤다.

분명 은침이었다. 하지만, 자신과 장수정이 만든 만두에 은침이 들어가 있을 리가 없었다.

이것은 모함.

철노는 조용히 설무익의 눈을 바라봤다.

바라본 이의 눈빛에 어린 탐욕은 그리 단순하지 않았다.

하북팽가에서 다년간 이 공자와 삼 공자에게 괴롭힘을 당했던 철노였다.

그 눈빛이 무엇을 원하는지 철노는 알고 있었다.

단순한 시비가 아닌 큰 함정이 도사리고 있는 것만 같았다.

더 이상 엮이면 안 될 것 같았던 철노가 정중히 말했다.

"음식값은 안 내셔도 됩니다, 손님."

"이게 음식값으로 해결될 것 같아? 내 입에 생긴 상처는 어떻게 하려고 그래?"

설무익은 만두를 잡아 철노의 얼굴에 던졌다.

탁.

순간 철노가 만두를 피했다.

그 모습에 설무익이 말했다.

"어쭈, 제법 하는데?"

그의 도발에 철노가 진지한 표정으로 말했다.

"어떻게 보상해 드리면 될까요?"

그 말에 설무익이 눈을 빛냈다.

"보상? 네가 보상해 줄 형편이 된다고?"

"저는 안 돼도 우리 공자님은 가능하세요."

철노는 한빈이 떠나기 전에 당부한 말을 떠올리며 답했다.

한빈은 철노에게 감당하지 못할 문제가 생기면 천수장으로 데려오라고 했다.

철노는 지금 한빈의 말을 따를 생각이었다.

같은 시각, 무덤 속 통로를 통해 적당량의 흑철을 빼낸 한 빈은 고개를 갸웃했다.

그 모습에 설화가 물었다.

"왜 그래요? 공자님."

"뭔가 느낌이 이상해서 그래."

"왜요? 또 귀가 간지러워요?"

"아니, 묘하게 예전에 셋째 형한테 당하기 전의 느낌이네."

한빈이 슬쩍 입꼬리를 올리자 설화가 고개를 갸웃했다.

느낌이 안 좋다는 말과는 달리 뭔가를 기대하는 표정이기 때문이었다.

사실 설화의 눈은 정확했다.

이복형들에게 당했던 전생과 지금의 상황은 다르니 말이다.

한빈의 감정은 호기심 반, 기대 반이었다.

거기에 일 푼 정도의 걱정이 섞여 있었다.

천수장에 무슨 일이 생겼을지도 모르는 일.

일단은 빨리 움직이는 게 맞았다.

한빈은 흑철을 쌓아 놓고 대기하는 적혈맹호대를 바라봤다.

"앞에 있는 흑철을 각자 나눠 담는다."

"명 받들겠습니다!"

소대섭을 시작으로 막내 조호까지 포권하며 흑철을 자루에 담기 시작했다.

자신 있게 외치던 적혈맹호대 대원들의 표정이 바뀐 것은 흑철이 담긴 자루를 등에 멨을 때였다.

여기저기서 비명이 흘러나왔다.

"어이쿠."

"아이고, 저 죽어요."

인상을 찡그린 그들은 모두 주저앉아 일어나지를 못하고 있었다.

한빈은 그들의 모습을 보고는 천천히 다가갔다.

조호의 앞에 멈춘 한빈이 그의 어깨를 토닥였다.

"조호야, 힘들지?"

"네. 생각보다 무거워서 이걸 가지고 하북까지 간다는 게 상상이 안 돼요, 주군."

"그럼 덜어도 좋다."

"네?"

"네가 감당할 수 있을 만큼만 옮겨라."

한빈의 말에 모두의 시선이 모였다.

한빈이 한 말이 이해가 안 되었던 것이다.

한빈이 여태껏 캐낸 흑철을 여기에 두고 가도록 허락한다?

그것은 하늘이 두 쪽 나도 있을 수 없는 일이었다.

이것은 한빈이 받아 낸 계약서가 하루아침에 불타는 소리
와도 같았다.

조호도 다른 이들의 생각과 같았다.

잠시 한빈을 말없이 바라보던 조호가 떨리는 목소리로 물
었다.

"그, 그래도 되나요? 주군."

"내가 언제 거짓말하는 거 봤냐? 조호야."

한빈이 씩 웃자 여기저기서 웅성대기 시작했다.

"주군이 혹시……."

"저건 주화입마가 분명해."

"아니야. 변할 수도 있지."

"그럼 안 되지, 사람이 하루아침에 변하면……."

적혈맹호대 대원들은 차마 뒷말을 잇지 못했다.

한빈이 진심으로 걱정되었던 것이다.

한빈은 모두의 웅성거림이 잦아들 때쯤 조용히 말을 이었
다.

"조호야, 사람은 감당할 수 있는 짐만 들어야 한다. 무거우
면 내려놓거라."

"주, 주군."

조호의 눈에 이슬이 맺혔다.

그 모습에 한빈이 사람 좋은 얼굴로 말했다.

"편하게 내려놓거라."

    한빈의 말에 조호는 등에 짊어진 짐을 내려놓고 흑철을 조금 덜기 시작했다.

    그 모습에 한빈은 주위를 돌아보며 외쳤다.

    "나머지 대원도 마찬가지다! 자신이 짊어질 수 있는 흑철만큼만 담아라. 이건 명령이다!"

    한빈의 외침에 나머지 대원도 등에 짊어진 짐을 바닥에 풀어 놓고 흑철을 덜기 시작했다.

    "휴, 살았네. 살았어."

    "그런데, 주군이 아무래도 이상해."

    "그러게, 걱정되네."

    "차라리 그냥 짊어지고 가는 게 편할 것 같은데."

    모두가 의심의 눈초리로 한빈을 봤다.

    그때 한빈이 다시 조호를 바라보며 그윽한 목소리로 물었다.

    "이 흑철의 용도를 아느냐?"

    "용도요?"

    소매로 눈물을 닦아 낸 조호가 고개를 갸웃했다.

    그 모습에 의미심장한 미소를 지은 한빈이 말했다.

    "이 흑철로 너희의 병장기를 만들 것이며, 남은 흑철의 일할은 너희 몫이다."

    "저희 몫이라니요?"

    "모든 일에는 책임이 따르지. 그 책임만큼 보상도 따라야 하지 않겠느냐?"

"그, 그럼 제가 덜어 놓은 흑철의 일 할이……."

조호의 눈빛이 떨렸다.

그 모습을 본 한빈이 고개를 끄덕였다.

"그래 맞다. 네 등에 짊어진 흑철의 일 할. 네가 덜어 놓은 흑철의 일 할. 모두 네 것이지."

한빈의 말에 주위가 술렁이기 시작했다.

"아, 큰일 날 뻔했네."

"자네, 그거 무거우면 나한테 덜어도 좋네."

"예끼, 무슨 소리. 난 아직 여유가 있으니 자네 짐이나 내게 주게."

적혈맹호대 대원들의 얼굴에 화색이 돌았다.

거기에 때아닌 흑철 쟁탈전까지 벌어졌다.

그때 흑철 한 무더기를 멘 장삼이 한빈에게 다가왔다.

"주, 주군."

"장삼, 왜 그래?"

"저, 흑철 더 캐 오면 안 되겠습니까?"

"에이, 무리하다가 허리 나가면 어떻게 하려고."

"아닙니다. 제가 이래 봬도 튼튼합니다."

"됐어. 나중에 다시 옮길 때도 조건은 똑같으니 욕심내지 마."

"아, 알겠습니다. 주군."

장삼이 뒷머리를 긁적이며 돌아서자 여기저기서 웃음소리가 튀어나왔다.

상황이 어느 정도 정리되자 한빈이 앞장서며 말했다.

"이제 출발한다!"

한빈의 외침과 동시에 적혈맹호대가 일사불란하게 움직이기 시작했다.

그때 설화가 조용히 물었다.

"진짜 흑철을 놔두고 오시려고 했나요? 공자님."

"왜, 안 믿겨?"

"네, 공자님께 흑철은 제 당과하고 비슷한 것 같은데……."

"힘이 들면 내려놓는 게 맞아. 하지만……."

"하지만이라니요?"

"흑철을 덜어 낸 대원이 있었다면 아마 여기에 다시 와야 했을걸."

"다시 오다니요?"

"하북에 짐 풀자마자 여기로 다시 와서 남은 흑철을 가져와야지. 한 번에 못 옮기면 두 번에 옮기면 되는 거란다, 설화야."

"아."

설화가 탄성을 흘리며 한빈을 바라봤다.

그 눈빛은 마치 지독한 구두쇠라 말하고 있는 것만 같다.

설화의 시선에 한빈이 말했다.

"너도 당과를 한 번에 못 먹으면 나눠서 먹잖아. 네가 못 먹는다고 당과를 버린 적이 있었나 생각해 봐."

"아, 그러니까 이해가 되네요. 역시 공자님의 강의는 머리에 팍팍 들어와요. 헤헤."

설화가 해맑게 웃자 옆에서 지켜보던 이무명이 혀를 찼다.

어이없다는 듯 한빈을 바라보던 이무명은 묘한 웅성거림에 뒤쪽을 바라봤다.

뒤쪽을 보니 적혈맹호대 대원들이 입을 벌리고 있었다.

마치 횡액을 겨우 면했다는 표정이었다.

그때 한빈이 뭔가 생각난 듯 외쳤다.

"잠시 멈추고 지금부터 모래주머니를 풀어 놓는다. 실시!"

한빈의 말에 적혈맹호대 대원들이 서로를 바라봤다.

"모래주머니가 뭐지?"

"그러게."

그때였다.

조호가 장삼의 발을 바라보며 말했다.

"아저씨, 생각해 보니 우리 모래주머니를 푼 적이 없어요."

"모래주머니라니?"

"각반 말이에요."

"아."

장삼은 그제야 탄성을 흘렸다.

천수장에 들어오고 찼던 모래주머니였다.

더 황당한 것은 이 모래주머니를 하남정가에 다녀올 때도 차고 있었다는 점이다.

다리뿐 아니라 허리에도 차고 있던 모래주머니를, 그들은 마치 신체의 일부분처럼 느끼고 있었다.

장삼이나 조호뿐 아니라 나머지 대원들 역시 마찬가지였다.

한빈의 명에 따라 모두가 모래주머니를 풀었다.

탁. 탁.

모두가 동시에 모래주머니를 풀어 놓자 마치 소나기 내리는 듯한 소리가 울렸다.

같은 시각 수정반점.

철노를 바라보는 설무익의 눈빛은 마치 독사가 먹이를 노리는 것 같았다.

설무익이 물었다.

"네가 뭔데? 그리고 공자는 대체 뭐지?"

"제가 우리 공자님 오른팔이라니까요. 그러니까 공자님한테 말하면 보상해 줄 겁니다."

"그러니까. 네가 말한 공자가 뭐 하는 사람이냐고?"

"우리 공자님은……."

철노가 살짝 말끝을 흐렸다. 한빈에 대해서 설명하려고 하니 정리가 안 되었다.

처음에는 하북팽가의 사 공자임을 밝히려 했지만, 가만 생각해 보니 그것은 불난 집에 기름을 붓는 것과 같았다.

한빈은 아직도 하북제일의 겁쟁이란 별명을 갖고 있었다.

가문에서도 내놓은 자식이란 소문이 파다했고 말이다.

거기에 더해 괜히 여기서 한빈을 들먹였다가는 소가주를 향한 행보에 누가 될 수도 있다고 생각했다.

다만, 송화산 부근의 마을 사람들은 한빈을 하북제일의 신의라며 떠받들고 있는 상황.

말끝을 흐리던 철노가 말했다.

"우리 공자님은 하북제일입니다."

철노는 신의라는 말은 생략했다.

설무익이 고개를 살짝 기울이며 물었다.

"하북제일? 뭐가 하북제일인데?"

"그건 비밀입니다."

철노는 자신도 모르게 한빈이 평소에 잘 쓰던 말을 똑같이 따라 했다.

설무익은 황당하다는 듯 철노를 바라봤다.

"비밀이라고 했지? 그 비밀이 대단하지 않다면 넌 죽었어!"

말을 마친 설무익은 탁자를 소리 나게 내려쳤다.

탕!

그 소리에 맞춰 옆에 수하들이 배를 움켜잡는다.

"아, 배가 살살 아프네."

"저도요. 아무래도 음식을 잘못 먹은 것 같은데요."

"아, 뭐 이런 집이 다 있어."

은침뿐 아니라 다른 수법으로 상대를 옭아 넣으려는 듯 보였다.

철노가 이들을 어찌 상대해야 하나를 고민하고 있을 때였다.

덜컹.

문이 열리고 관아의 포졸 복장을 한 사내들이 우르르 들어왔다.

포졸은 철노와 설무익 사이를 가로막으며 물었다.

"무슨 일이오?"

"그러니까……."

철노가 포졸에게 막 설명을 시작하려 할 때였다.

포졸이 눈매를 좁히며 철노를 위아래로 살폈다.

그러고는 고개를 갸웃했다.

포졸은 고민하는 듯 턱을 긁다가 설무익에게 물었다.

"혹시 무림인이오?"

"네, 맞습니다. 흑사문의 설무익이라고 합니다."

"아, 무림인이군. 그럼 그쪽은?"

포졸은 턱짓으로 철노를 가리켰다.

철노가 망설임 없이 말했다.

"저는 무림인은 아니지만, 제가 모시는 공자님은 무림인이지요."

"그럼 무림인 맞네. 그러니까 결론은 무림인이라는 거지?"

"네? 그게 무슨 말씀인지요?"

"무림인이라면서? 주인이 무림인이면 그 수하도 무림인 아닌가?"

"……."

"왜 바쁜 나를 왜 부른 거지? 서로 알아서 해결하면 될 것을 말이야."

포졸은 철노를 보며 손을 흔들었다.

그러고는 옆을 힐끔 보고는 설무익에게 눈짓했다.

그 모습에 철노가 황당하다는 듯 물었다.

"이곳 음식점은 무림과 관련된 곳이 아니지 않나요? 나으리."

"자네가 무림인이라며?"

"제가 이 음식점의 주인은 아니잖아요, 나으리."

"그럼 해결책은 간단하네. 너는 여기 있는 분과 무림의 법도대로 알아서 해결하고 나는 여기 주인을 잡아가면 되는 거네. 그게 네가 원하는 거 맞지?"

"음."

철노는 침음을 삼켰다.

힐끔 주방 안쪽을 보니 장수정이 숨어서 이쪽을 지켜보고 있었다.

철노는 그녀를 보며 슬쩍 눈짓했다.

일단 자리를 피하라는 신호였다.

그때였다.

주방에 숨어 있던 장수정이 뛰어나왔다.

헐레벌떡 포졸 앞으로 뛰어온 장수정이 외쳤다.

"이분하고는 관계없어요!"

"당신이 주인인 모양이군."

"네, 잡아가려면 저를 잡아가세요."

"일단 알았으니 옆으로 비켜 있어."

포졸이 하대를 하며 장수정을 옆으로 밀쳤다.

그 모습에 철노는 확신했다.

포졸과 설무익 간의 모종의 거래가 있었음을 말이다.

생각을 마친 철노가 설무익을 바라봤다.

"지금 당장 보상할 테니 저랑 같이 가죠."

"네가 한 말에 책임져야 할 거야."

말을 마친 설무익은 포졸에게 슬쩍 눈짓했다.

그는 지금 곳간에 돈을 쌓는 상상을 하고 있었다.

하북제일이라?

과연 무엇이 하북제일인지는 몰라도 저 철노란 놈의 상전을 홀딱 벗겨 먹을 것이다.

잠시 후, 철노는 수정반점을 나와 앞장서기 시작했다.

　　　　　　　　　✿

같은 시각 흑사문.

흑사문주 설경추의 앞에는 백색 무복에 하얀 면사로 얼굴을 가린 여인이 눈을 빛내고 있었다.

여인의 이름은 백사문의 진세미.

백사문과 흑사문의 관계는 본점과 지점과도 같았다.

진세미의 한마디라면 흑사문의 현판을 내려야 할 정도였다.

그런 관계에 있기에 흑사문주 설경추는 최대한 진세미의 비위를 맞추고 있었다.

시답잖은 이야기가 차 한 잔 마실 시간 동안 오갔다.

찻잔을 비운 진세미가 본론을 이야기하겠다는 듯 진지한 표정으로 물었다.

"문주님, 제가 부탁한 일들은 어떻게 되어 가고 있죠?"

"사파가 절대 하북팽가 사 공자에게 손을 못 대게 할 것. 그리고 하북팽가의 움직임을 주시하라는 지시를 말씀하시는 거라면⋯⋯. "

"네, 맞아요. 문주님."

"그 일이라면 제 아들, 무익이가 맡아서 잘 수행하고 있습니다."

"이건 제 부탁을 넘어서 강남 사도련 군사이신 마휘 님의 지시이기도 하니 유념하세요."

진세미의 말에 설경추가 미간을 좁혔다.

익절선생 마휘의 이름이 나오자 자신도 모르게 긴장한 것이다.

설경추는 아들 설무익과 함께 하북을 비우고 장기간 하남에서 활동했었다.

이곳에 온 것은 불과 며칠.

하남에서 백사문주의 눈에 들기 위해 얼마나 굴렀던가?

하북의 사업에서 잠시 손을 떼고 하남에서 백사문의 오른팔 노릇을 한 것은 모두 흑사문의 미래를 위한 포석이었다.

그런데 백사문주보다 한 끗 더 높은 마휘의 이름이 나오니 가슴이 떨릴 수밖에 없었다.

사실 가끔 백사문을 방문하는 마휘를 보기 위해 주변을 어슬렁거렸지만, 그의 얼굴을 본 적이 없었다.

얼굴 한번 보기 힘들다는 마휘의 지시라니!

설경추는 재빨리 일어나 고개를 숙였다.

"걱정하지 마시고 편히 쉬십시오, 아가씨."

"문주님, 하북팽가의 사 공자는 언제쯤 오는 거죠?"

"아마도 산동으로 떠났다고 하니 금방 오지는 못할 겁니다. 제가 하북팽가 주변에 아이들을 풀어놨으니 도착하는 대로 기별이 올 겁니다."

설경추가 걱정하지 말라는 듯 손을 내저으며 웃었다.

하지만 설경추는 자신의 실수를 모르고 있었다.

그는 하북팽가의 사 공자라는 말만 듣고 하북팽가만 감시하고 있었다.

하북에 돌아온 지 얼마 안 되는 그는 이곳 정보에 대해 너무 몰랐다.

하북팽가 사 공자인 한빈의 변화도.

한빈이 천수장을 새로운 거처로 삼고 있다는 점도.

설경추가 모르는 사실이 너무 많았다.

"네, 그럼 부탁드려요."

진세미는 자리에서 일어나 살짝 고개를 숙였다.

그러고는 뭔가 생각난 듯 말을 덧붙였다.

"하북팽가의 사 공자에게는 어떤 일이 있어도 정중해야 함을 잊지 마시고요."

"네, 잊지 않고 있습니다. 아가씨."

"그럼 가 볼게요."

그 말을 마지막으로 진세미는 자리를 떠났다.

설경추는 진세미의 뒷모습을 보며 보이지 않게 한숨을 내쉬었다.

약자한테는 철저히 강하게.

강자한테는 철저히 고개를 숙이며 살아온 설경추에게 진세미의 방문은 부담스러웠던 것이다.

그것도 잠시 설경추는 혼잣말을 뱉었다.

"마휘의 지시라……."

말끝을 흐린 그의 눈은 어느 때보다 반짝였다.

그의 눈빛은 마치 자신의 미래를 그리고 있는 듯 보였다.

철노는 설무익과 작당한 포졸을 떼어 내고는 천수장으로 향하고 있었다.

당당하게 걷던 철노는 옆을 힐끔 보고는 표정을 굳혔다.

도망치라고 그렇게 당부했는데 장수정이 따라왔기 때문이다.

철노가 말했다.

"피해 있으라니까. 왜 왔어?"

"오라버니 혼자 어떻게 보내요?"

"동생, 나 못 믿어?"

"믿기야 믿지요. 그런데……."

장수정은 힐끔 뒤쪽을 바라봤다.

뒤쪽에서 설무익이 살기등등하게 따라오고 있었다.

장수정이 철노를 믿는다고 한 것은 사실 반만 진심이었다.

그녀가 믿고 있는 것은 철노의 음식 솜씨지 무공이 아니었다.

돌아가신 아버지의 손맛과 비슷한 그의 음식에 비해, 장수정에게는 철노가 약해 보였다.

게다가 뒤에서는 설무익이 검집을 틀어쥐고서 살기를 내뿜고 있었다.

장수정은 도저히 마음을 놓을 수 없었다. 어떻게 하든지 철노의 목숨은 구하고 싶었다.

장수정은 자신도 모르게 입술을 살짝 깨물며 몸을 떨었다.

도망치고 싶지만, 철노를 놔두고는 여기를 떠날 수 없었다.

그때 철노가 그녀의 소매를 살짝 잡아끌었다.

"동생, 떨지 마."

"아, 안 떨어요."

"그래, 떨지 마. 공자님이 계시니까. 우린 걱정할 필요 없어."

"알았어요, 철노 오라버니."

장수정은 슬쩍 고개를 돌렸다.

겁먹은 자신의 얼굴을 보여 주고 싶지 않았다.

그녀는 갑자기 철노가 모시는 공자님이 누군지 궁금해졌다.

사실 지금까지 물어본 적이 한 번도 없었다.

장수정에게 중요한 것은 철노의 음식 솜씨밖에는 없었으니까.

다른 건 그녀의 관심 밖이었다.

철노가 어느 가문에서 일하는지 그의 공자가 무엇을 하는 사람인지, 그 모든 것이 관계없었다.

하지만 지금은 궁금했다.

흑사문의 손아귀에서 자신과 철노를 구해 줄 사람은 철노가 입이 닳도록 말하던 공자라는 사람뿐이었다.

장수정은 힐끔 설무익과 그의 수하를 바라봤다.

그들이 잠시 자리를 비운 동안 그녀가 장사를 하던 거리는 평화롭기만 했다.

그들이 다시 온 이상, 거리의 평화는 없었다.

속으로 한숨을 쉬려는데 철노의 발걸음이 빨라졌다.

타다닥.

다급하게 뛰어가는 철노를 본 설무익이 외쳤다.

"이게 어딜 도망치려고 그래, 멈춰!"

"여기서부터는 빨리 가야 해요. 다들 서두르세요."

철노가 뒤를 보며 손짓하자 설무익이 눈을 크게 떴다.

도망치는 줄 알았는데, 도리어 손짓을 하는 게 이해가 되지 않았던 것이다.

설무익은 잠시 후 철노가 왜 서둘렀는지를 알 수 있었다.

갑자기 철노에게 마을 사람들이 달려들었다.

"와아, 저기다!"

"에고. 이제 오시네."

허름한 복장의 마을 사람들이 철노를 향해 달려왔다.

뒤쪽에서 바라보던 설무익은 자신도 모르게 검집을 움켜쥐었다.

하지만 그것도 잠시, 그는 긴장을 풀고 고개를 갸웃해야 했다.

달려오는 마을 사람들에게는 적의가 없었기 때문이었다.

대신 그들은 묘한 눈빛을 하고 있었다.

'저게 뭘까?'

설무익은 사람들의 태도를 살폈다.

잠시 마을 사람들을 살핀 그는 고개를 좌우로 흔들었다.

마을 사람들은 철노를 간절한 눈빛으로 바라보고 있었다.

왜 저런 눈빛을 보인다는 것인가?

추리를 이어 나가던 설무익의 입꼬리가 점점 올라갔다.

저런 간절한 눈빛이 뜻하는 것은 한 가지였다.

바로 절실한 도움이 필요하기 때문이다. 그렇다면 그들이 바라는 도움이란 무엇일까?

설무익은 그것이 당연히 돈이라고 생각했다.

설무익의 눈에는 저잣거리에서 손을 벌리는 거지나 철노에게 달려드는 마을 사람이나 별반 다를 바가 없었다.

그렇다면?

철노가 말한 공자라는 놈은 부자임이 틀림없었다.

거기에 한술 더 떠 마을 사람들이 부담 없이 기댈 정도의 호구였다.

한마디로 돈 많은 호구!

결론을 낸 설무익은 자신도 모르게 입맛을 다셨다.

아니나 다를까.

이어지는 철노와 마을 사람들의 대화는 설무익의 예상대로였다.

다리를 저는 노인이 철노에게 물었다.

"공자님은 언제 오는 건가? 철노."

"잘 모르겠습니다. 때가 되면 오시겠죠."

철노가 대답을 마치고 급히 가려는데 아이를 등에 업은 여인이 철노의 소매를 잡았다.

"공자님이 오시려면 아직 멀었나요?"

"아마 며칠은 걸릴 거예요."

철노가 마지못해 답했다.

철노는 개방을 통해 어제 한빈의 소식을 들었다.

계산대로라면 나흘에서 열흘 사이에 도착할 것이었다.

철노의 옆에서 걷던 장수정은 고개를 갸웃했다.

철노가 말한 공자라는 사람의 정체가 더더욱 궁금해졌다.

장수정은 철노를 물끄러미 바라봤다.

지금도 철노는 마을 사람에게 자신의 공자가 언제 돌아오는지를 설명하고 있다.

장수정은 왜 철노가 뛰자고 했는지를 알 수 있었다.

철노에게 공자의 안부를 묻는 이들의 표정은 절실했다.

게다가 모두가 아픈 사람들뿐이었다.

다리를 절고 기침을 하고 힘이 없어 수레에 누워 있는 사람 등.

그들의 상태는 천차만별이었다.

장수정이 조심스럽게 철노에게 물었다.

"공자님이라는 분이 혹시 의원이세요?"

"뭐, 약간의 오해가 있긴 하지만 비슷해."

철노가 어색하게 웃었다.

사실 철노도 이게 어찌 된 일인지 정확히 아는 바는 없었다.

이렇게 사람들이 모인 것은 한빈이 하남으로 떠날 때쯤이었다.

하남에서 돌아왔을 때 말해 줄까 하다가 산동으로 바로 떠나는 바람에 천수장의 사정을 전하지 못했었다.

대충 마을 사람들 이야기를 들어 보니, 한빈이 앉은뱅이 거지 소녀를 일으켰다고 한다.

그 소문이 송화산 주변에 파다하게 퍼졌다고 한다. 그런 이유로 한빈에게 치료를 받기 위해 날이 밝으면 이렇게 천수장 앞에 진을 치고 있는 것이었다.

철노는 마을 사람들이 이해가 가지 않았다.

어떻게 앉은뱅이를 일으켜 세운다는 말인가?

어릴 적부터 봐 왔지만, 한빈에게 그런 의술은 없었다.

물론, 여기에는 철노가 모르는 사실이 하나 있었다.

그 앉은뱅이 거지 소녀가 바로 설화라는 점이었다.

차라리 마을 사람들이 한 번이라도 한빈을 봤다면 오해가 풀렸겠지만, 그 후 한 번도 나타나지 않은 한빈은 마을 사람들에게 신비인으로 비쳤다.

몇십 번을 같은 대답을 하고서야 철노는 천수장의 입구에 도착할 수 있었다.

대문 앞에는 초췌한 모습으로 쪼그려 앉은 사람이 한 명 있었다.

철노가 보기에 분명 마을 사람이었다.

보통은 예의상 천수장의 입구까지는 오지 않는데 어지간히 급했던 것 같았다.

철노는 초췌한 사내의 어깨를 토닥였다.

"이보슈."

"끙."

사내는 앓는 소리를 내며 고개를 들었다.

순간 철노가 깜짝 놀라 물었다.

"대협, 왜 여기에 이러고 있으세요?"

철노는 고개를 갸웃했다.

지금 쪼그려 앉아 있던 사내는 다름 아닌 화산파의 매화검수 서재오였다.

"아, 이제야 왔군, 철노. 하남에 있다가 내 물건을 찾으러 왔는데 문이 잠겨 있더라고."

"에이, 그럼 그냥 안에서 기다리시지."

"여기가 혼자 있을 데는 못 되잖아. 허락 없이 남의 집에 들어가는 것도 예의가 아니고 말이네."

서재오는 손을 휘휘 저었다.

그 모습에 철노는 고개를 끄덕였다.

"하긴 그렇죠, 대협."

"그런데 뒤에 계신 분들은 누구신가?"

서재오가 철노의 뒤에 있는 설무익을 눈짓으로 가리키며 물었다.

철노가 아무 일도 아니라는 듯 답했다.

"저 때문에 공자님을 만나러 온 분이에요."

"그럼 어서 모셔야지."

서재오는 설무익 무리를 보며 정중히 말했다.

한빈의 손님이라면 만만히 볼 수 없었기 때문이다.

매화검수로서의 자존심 따위는 벗어 버린 지 오래인 서재오였다.

천수장에서부터 하남정가까지.

그 긴 여정에서 만난 인물 중 자신보다 아래로 볼 인물은 그리 많지 않았다.

하다못해 한빈의 시녀인 설화마저도 자신에 비하면 한 수 위였다.

서재오는 요즘 들어 화산파의 무공에 대해 회의감을 느끼는 중이었다.

서재오가 자신도 모르게 고개를 숙이자 철노가 웃으며 손을 내밀었다.

"같이 들어가시죠, 대협."

"아닐세. 나는 여기서 어르신을 기다렸다가 같이 들어가겠네."

"아, 어르신이요?"

"그렇다네. 하남에서부터 같이 왔는데 갑자기 사라지셔서."

"네, 그럼 저희부터 들어갈게요."

철노는 천수장 문을 열었다.

며칠 동안 닫혔던 천수장의 대문이 비명을 지르며 열렸다.

끼익.

문턱을 넘은 철노는 설무익 일행이 묵을 처소를 안내하기 위해 휘적휘적 걸어갔다.

설무익의 수하 하나가 고개를 갸웃하며 작은 목소리로 물었다.

"설 공자님, 아까 대협이라고 하는 거 보니 혹시 한 가닥 하는 사람 아닐까요?"

"헛소리하지 말고 정신 차려."

"왜 그렇게 화를 내십니까?"

"생각해 봐. 지금 하남에서 왔다고 하잖아. 우리가 얼마 전까지 어디 있었어?"

"그야 하남이죠."

"그래, 하남이지. 그런데 저런 얼굴 본 적 있어? 대협이라 부를 만한 놈이면 우리가 얼굴을 알고 있어야 정상이지. 그리고 대협이란 놈이 문 앞에 쪼그려 있겠어?"

"하긴 그러네요. 역시 설 공자님의 판단은 정확하십니다."

"내 판단이 정확한 게 아니라 너희가 머리를 안 쓰는 거지. 머리는 장식으로 달고 다니는 게 아니야. 머리는 쓰라고 있는 거다, 이놈들아."

설무익의 호통에 수하는 뒤쪽을 바라보며 침을 뱉었다.

퉤!

침을 뱉고 난 수하가 미간을 좁히며 말했다.

"요즘은 개나 소나 다 대협이래. 괜히 나만 혼났네."

그때 옆에서 다른 수하가 고개를 갸웃했다.

"아까 보니 복장이 허름하던데……."

"복장이 왜?"

침을 뱉은 수하가 그게 무슨 문제냐는 듯 묻자 다른 수하가 조심스럽게 말을 이었다.

"개방 사람이 아닐까 해서? 거지라도 개방도면 조심해야지."

그들의 대화에 설무익이 한숨을 쉬며 끼어들었다.

"휴……. 내가 너희 같은 놈들은 데리고 일을 하다니! 진짜 한숨 나온다. 이놈들아, 개방도면 허리에 매듭 하나쯤은 달고 있어야 할 것이 아니냐? 그놈 허리에 매듭이 있더냐?"

"잘 모르겠는데요."

"그것도 확인 안 하고 헛소리를 씨불여. 허리 어디에도 매듭 비슷한 건 없었다."

"아."

"그놈은 그냥 거지다. 거지 중에서도 상거지야. 아니지, 행색을 보니 땅거지가 분명하다."

"그사이에 매듭까지 확인하셨습니까? 설 공자님."

"아무래도 너희는 교육 좀 다시 받아야겠다. 이놈들이 거지를 구대문파의 무인으로 착각할 놈들이네."

수하들을 훈계한 설무익은 고개를 절레절레 흔들었다.

앞서 걸으며 설무익 일행의 대화를 듣던 철노는 고개를 갸웃하며 혼잣말을 뱉었다.

"화산파면 구대문파 맞는데……."

"구대문파가 왜요?"

장수정이 고개를 갸웃하며 묻자 철노가 손을 흔들었다.

"아무것도 아니야, 동생."

"네, 철노 오라버니가 무림인이 아니어서 다행이에요."

"내가 무림인이 아니라고? 저들한테 내가 무림인이라 밝히는 거 봤잖아."

"그거야 저를 구하기 위해 그러신 거잖아요. 솔직히 저는 무림인이 진짜 싫어요. 철노 오라버니."

"무림인이 왜?"

"외할아버지가 무림인이었거든요. 뭐, 한 번도 보지 못했지만요."

"……."

"외할아버지가 숙수였던 아버지와의 혼인을 반대하는 바람에 어머니는 외가에서 몰래 도망쳤대요."

"아, 그랬구나."

철노는 반사적으로 고개를 끄덕였다.

강호에 사연 없는 자가 어디 있겠는가?

철노가 듣기에 장수정의 사연은 흔하디흔한 사연에 불과했을 뿐이었다.

철노가 막 상념에서 깨어났을 때였다.

뒤쪽에서 설무익의 목소리가 들려왔다.

"언제까지 걸어야 하느냐? 노닥거리지 말고 빨리 안내하거라."

"네, 거의 다 왔습니다."

말을 마친 철노는 걸음을 재촉했다.

철노가 안내한 곳은 새로 지은 것처럼 깨끗했다. 거기에 규모도 제법 큰 전각이었다.

전각 앞에 선 철노가 말했다.

"여기에서 쉬고 계세요. 공자님 오면 제가 바로 알려 드릴게요."

"너희 도망치는 건 아니지?"

"자기 집 두고 도망치는 멍청한 사람이 어디 있어요?"

"하긴……. 그런데 여기 너희 공자의 집은 확실한 거지?"

"아까 오시면서 마을 사람들이 저한테 공자님의 안부를 묻는 것을 보셨잖아요."

"아, 그러고 보니…….'

설무익은 말끝을 흐리며 자신이 지나온 길을 다시 바라봤다.

그 모습에 철노가 진지한 표정으로 말했다.

"그러니 걱정 마세요. 우리 공자님이 오시면 다 해결해 드릴 거예요."

"만약 약속을 어기면 너희 공자와 너, 둘 다 죽을 줄 알아라."

"네, 알았어요."

철노가 고개를 끄덕이자 설무익이 뭔가 생각났다는 듯 말했다.

"참, 입이 심심하구나. 일단 먹을 거나 좀 내와 보아라."

"일단 만두나 갖다드릴게요."

말을 마친 철노는 장수정과 함께 사라졌다.

그날 밤.

설무익과 수하들은 묘한 소리에 눈을 떴다.

흐. 흐. 흥.

마치 귀신이 우는 듯한 소리가 그들의 귀를 간지럽혔다.

벌떡 자리에서 일어난 설무익 일행은 서로를 바라봤다.

수하 중 하나가 뭔가 생각난 듯 눈을 크게 뜨며 말했다.

"혹시 여기 말입니다, 설 공자님."

"여기가 뭐? 빨리 말해 봐."

"전에 귀곡장이라고 불리던 곳 아닌가요? 아까 올 때 길이
비슷한 것 같기도 한데……."

"너는 입 닥치고 그냥 자. 여기가 귀곡장이면 마을 사람들
이 그렇게 진을 치고 있겠어?"

"하긴 그렇겠죠, 공자님."

"헛소리하지 말고, 이곳 기둥뿌리까지 뽑아 갈 준비나 하
고 있어."

"네, 공자님."

일주일 후.

설무익 일행은 그야말로 미칠 지경이었다.

철노가 내 오는 음식을 먹으면서 천수장의 주인을 기다리고 있었지만, 일주일째 아무 소식이 없자 그냥 떠나야 하나를 고민 중이었다.

하지만 한번 찍은 목표는 놓친 적이 없는 설무익이었다.

자신이 이런 식으로 남의 재산을 가로챈 적이 한두 번이던가?

여기서 그냥 물러난다는 것은 그 행적에 오점을 남기는 일이었다.

그때 수하 하나가 넌지시 말했다.

"공자님, 백사문에서 내려온 일을 놔두고 여기 있어도 될까요?"

"그거야, 하북팽가 주변에 감시할 애들 충분히 풀어놨잖아."

"하긴 그렇죠, 공자님."

수하가 고개를 끄덕였다.

잠시 관자놀이를 툭툭 치며 머리를 굴리던 설무익이 눈을 빛내며 일어났다.

"아무래도 안 되겠다."

"왜 그러세요? 설 공자님."

"돈이 없다고 잡아떼면 가져갈 것이라도 미리 정해 둬야 하지 않겠냐?"

"아."

"일단 재산 목록부터 추려야겠다."

"역시 공자님이십니다."

그들은 모두 일어나 천수장에서 돈이 될 만한 것을 찾기 시작했다.

하지만 천수장을 둘러보면 볼수록 그들에게는 의문이 쌓였다.

설무익을 뒤에서 따르던 수하가 조심스럽게 물었다.

"공자님, 이곳 주인이라는 사람, 진짜 부자 맞을까요?"

"오면서 마을 사람들 못 봤어? 다들 손 벌리고 있잖아."

"아무리 그래도 부자면 살림살이에 표시가 나지 않습니까? 아무리 봐도 값나가 보이는 게 없습니다, 공자님."

"제발 머리 좀 쓰라니까? 이놈아."

"왜 그러십니까?"

"생각해 봐. 마을 사람들한테 다 퍼 줄 만큼 선량한 호구가 평소에 사치를 부리겠어?"

"……."

"퍼 주느라고 제 것은 못 챙긴 거지. 어차피 나갈 돈 우리가 좀 떼 가자는 거야."

"그래도 좀 이상합니다."

"진짜 호구가 맞는 거지. 아마 마을 사람들에게 퍼 주는 것을 보면 돈 나올 데는 있을 게 분명하다."

"그래도 괜히 헛수고 같네요. 그냥 수정반점만 우리 것으로 만드는 게……."

"내가 찍어서 실패한 게 있더냐?"

"당연히 없죠, 공자님."

"그래, 없지. 일단 문서로 약조라도 받아 놔야겠다."

"문서보다는 뭐라도 건져 가시는 게 좋지 않을까요?"

"여기 건져 갈 게 있더냐? 아무래도 이곳의 주인이란 놈은 모든 돈을 전장에 맡겨 놓은 것이 분명해. 약조라도 받아 놓고 천천히 쪽쪽 뽑아 먹어야지."

"탁월하십니다, 공자님."

수하는 엄지를 척 들어 올렸다.

잠시 후.

설무익은 철노와 마주 앉았다.

설무익은 자신의 요구를 철노에게 전달한 상태였다.

철노는 뒷머리를 긁적이며 미안한 표정으로 말했다.

"죄송하지만, 공자님 오실 때까지 좀 더 기다려 주시면 안 되나요?"

"너는 내가 한가한 놈으로 보이느냐? 어서 약조할 문서를 내오너라."

"이건 원래 우리 공자님이 잘하시는 건데."

"또 공자님 타령이냐?"

"제가 문서에는 약해서요."

"오호라, 네가 나를 물로 보는구나."

말을 마친 설무익은 비릿한 웃음을 짓고는 왼손으로 허리에 찬 검집을 톡톡 쳤다.

누가 봐도 명백한 위협.

철노가 손을 내저으며 말했다.

"그건 아니에요. 그럼 공자님이 미리 써 놓은 거라도 드릴게요."

철노의 말에 설무익이 탐욕에 찬 눈빛을 드러냈다.

설무익이 생각하기에 철노가 말하는 공자는 남한테 끝없이 퍼 주는 자.

문서 또한 호구같이 작성해 놨으리라.

설무익은 터져 나오려는 웃음을 겨우 참았다.

"그래, 내와 보거라."

"네, 잠시만 기다리세요."

말을 마친 철노는 잽싸게 한빈이 서류를 모아 놓은 곳으로 달려갔다.

철노는 두루마리가 꽂혀 있는 책장을 살피다가 한 곳에 멈췄다.

그곳에는 정갈한 필체가 자리 잡고 있었다.

  기본 계약서.

철노는 망설임 없이 두루마리 중 하나를 꺼냈다.

철노의 행동에는 이유가 있었다.

한빈이 자신이 자리를 비울 경우, 이 서재에 있는 기본 계약서를 쓰라고 당부했기 때문이었다.

사실 철노는 이 계약서의 내용을 잘 모른다.

까막눈은 아니지만, 이 계약서를 보면 마치 미궁에 빠진 듯 눈이 어지러웠다.

누가 이익을 보고 누가 불이익을 보는지조차 헷갈리는 계약서였다.

그런데 이게 기본 계약서라니!

철노는 이해가 가지 않았지만, 자신이 벌인 일을 수습하기 위해서는 한빈의 말을 따르는 게 맞다고 확신했다.

철노가 계약서를 보고 있을 때였다.

뒤에서 그림자 하나가 소리 없이 나타났다.

차 한 잔 마실 시간이 지나자 설무익은 눈을 가늘게 떴다.

그는 철노가 도망친 것은 아닌지 의심하고 있었다.

그때 철노가 계약서를 들고 장수정과 함께 나타났다.

철노는 설무익의 앞에 계약서를 펼쳤다.

촤르륵.

철노는 옆에 있는 장수정에게 턱짓했다.

신호를 받은 장수정이 들고 온 보따리를 풀었다.

그곳에는 붓과 먹, 그리고 벼루가 나왔다.

장수정이 벼루에 먹을 갈기 시작하자 설무익은 흡족한 듯 고개를 끄덕였다.

물론 철노도 기분 좋게 웃었다.

한빈의 흉내를 내니 왠지 기분이 좋아진 것이다.

서로 웃음이 오가는 가운데 설무익은 곁눈질로 문서를 바라봤다.

그러고는 완전히 고개를 돌려 문서에 얼굴을 바싹 갖다 댔다.

글은 글인데 이상하게 문맥이 이해가 안 되었다.

"뭐지?"

설무익은 자신도 모르게 혼잣말을 뱉었다.

아무리 읽어도 무슨 말인지 감이 안 잡혔다.

그때 철노가 말했다.

"여기에 받을 금액만 적으시고 서명하시면 돼요."

철노가 가느다란 붓을 설무익에게 건넸다.

붓을 받은 설무익이 고개를 갸웃했다.

"문장이 왜 이리 복잡하지?"

"저도 잘 몰라요. 그냥 서명하세요."

철노가 먹이 찰랑거리는 벼루를 설무익 쪽으로 밀었다.

쓱.

설무익은 반사적으로 붓을 벼루에 담갔다가 꺼냈다.

살짝 흔들리는 설무익의 손.

그는 고개를 살짝 저었다.

모르는 문서에 서명하는 것은 왠지 모르게 찝찝해서였다.

그렇게 고개를 젓고 있는데 옆쪽에 붉은 무복의 사내가 눈에 들어왔다.

언제 들어왔는지도 모를 사내를 본 설무익은 눈을 가늘게 떴다.

호리호리하게 생긴 데다 얼굴은 하얀 것이, 제법 부티 나게 생긴 자였다.

흔히 볼 수 있는 부잣집 도련님에 가까운 외모.

특징이 있다면 붉은 무복이 조금 거슬렸을 뿐이었다.

설무익이 눈매를 좁히며 물었다.

"너는 누구지?"

"안녕하세요, 저는 천수장의 주인입니다."

"오호, 드디어 나타났군."

설무익이 입꼬리를 올렸다.

사실 기척도 없이 옆에서 한빈이 나타난 장면에서 설무익은 놀라야 정상이었다.

하지만 어떻게 하면 천수장의 기둥뿌리를 뽑아 가야 하나를 고민하는 그에게 한빈의 등장은 그저 반갑기만 했다.

한빈을 본 철노는 눈물을 글썽였다.

"고, 공자님. 죄송해요."

"괜찮다. 대충 밖에서 들어 보니 내가 보상만 해 주면 되는 것 같구나. 그렇지?"

"그게 그러니까……."

철노는 이제까지 있었던 이야기를 다시 한번 털어놨다.

다 듣고 난 한빈은 놀란 기색 없이 설무익에게 고개를 돌렸다.

"수하의 잘못은 곧 나의 잘못. 이딴 문서가 뭐가 필요하겠습니까? 제가 다 보상하지요."

"역시 듣던 대로 배포가 크군. 그런데 이 문서는 좀 복잡한 것 같은데. 간단히 좀 써 주지."

"네, 말씀대로 하죠."

말을 마친 한빈은 품에서 쪽지 두 장을 꺼내 탁자 위에 올려놨다.

탁!

쪽지를 본 설무익이 고개를 갸웃했다.

"이게 뭐지?"

"거기에 원하는 액수를 적으시죠. 그리고 서명하시면 됩니다. 물론 제 서명도 들어가야겠지요."

"흠."

설무익은 헛기침하며 붓을 쪽지 위에 갖다 댔다.

이전 문서와는 다르게 아무것도 없는 백지였다.

이건 소위 말하는 백지 어음과도 같았다.

여기에 적는 숫자만큼 자신이 상대에게 채권을 행사할 수 있는 것이었다.

막상 이렇게 백지를 내밀자 얼마를 적어야 할지 설무익의 머릿속은 막막했다.

망설임도 잠시, 욕심이란 끝이 없는 법.

설무익은 쪽지 위에 숫자를 가득 채웠다.

한빈과 설무익이 서명할 공간만 빼고 말이다.

그가 적은 금액은 셀 수도 없었다. 어떤 가문이라도 기둥 뿌리가 뽑힐 상황.

그 모습에 철노가 비명을 질렀다.

"고, 공자님, 저자가 쓴 액수가……!"

"괜찮다, 철노."

"저 때문에 공자님이 저런 막대한 손해를……."

"괜찮대도. 난 네 안전이 더 중요해."

한빈이 사람 좋은 얼굴로 말하자 철노가 눈물을 왈칵 쏟았다.

"역시 공자님의 마음씨는 하북제일이에요."

"아니다. 나는 내 수하의 안전이 제일이란다."

그들의 모습을 보던 설무익은 남은 공간에 서명을 하며 속으로 쾌재를 불렀다.

'하북제일이라고 해서 뭔가 했더니? 하북제일의 호구였어, 호구!'

꿈에 부푼 듯이 입가를 씰룩이는 설무익은 자신이 서명한 문서를 한빈에게 내밀었다.

설무익은 붓을 잡은 한빈의 손을 뚫어져라 바라봤다.

저기에 서명만 한다면 저놈의 재산이 넝쿨째 들어오는 것이었다.

그때 한빈의 붓이 종이 위를 스치고 지나갔다.

획.

눈 깜짝할 사이에 서명을 한 한빈이 종이 두 장 중 하나를 설무익에게 건넸다.

설무익은 서명도 확인하지 않고 품속에 문서를 집어넣었다.

"성의는 잘 받겠소."

"원하는 것을 얻었으니 우리 애들은 괴롭히지 말고 돌아가시지요."

한빈이 어색하게 웃으며 손짓했다.

"공자의 배포에 다시 한번 감사드리오."

설무익은 한빈에게 포권한 뒤 물러났다.

이제 더는 볼일이 없다는 듯 설무익은 품에 든 문서를 다시 한번 확인하고는 휘파람을 불며 문을 나섰다.

휘파람 소리는 점점 멀어졌고 그가 사라지는 모습을 보던 철노는 소매로 눈물을 닦아 냈다.

철노의 소매가 쓸고 지나간 얼굴에서는 뜻 모를 미소가 피어났다.

아직도 먹을 쥐고 있는 장수정은 철노의 미소가 이해되지 않았다.

장수정이 먹을 쥔 손을 떨며 철노에게 물었다.

"철노 오라버니, 이게 어떻게 된 거예요?"

그녀는 지필묵이 든 보따리를 들고 들어오며 철노에게 절대 당황하지 말란 말만 들었을 뿐이었다.

그런데 철노가 말한 공자라는 사람의 재산이 몽땅 날아가는 상황을 본 것이다.

장수정은 무림이란 눈 뜨고도 코 베이는 곳이라는 것을 절실히 느꼈다.

그런데 설무익이 사라지자 철노의 표정이 대번 변한 것이었다.

철노는 바로 장수정의 질문에 답하지 않고 한빈을 바라봤다.

시선을 받은 한빈은 살짝 웃으며 입을 열었다.

"우리 철노의 친구분이신 것 같은데 맞죠?"

"네, 그건 맞지만……."

"철노는 제가 시킨 대로 한 거니 걱정하지 마시죠. 이제 아무 일도 없을 겁니다."

말을 마친 한빈은 철노를 바라보며 그의 어깨를 토닥였다.

기분 좋은 한빈의 표정에 철노가 활짝 웃었다.

"공자님, 저 잘했죠?"

"그래, 방금 우는 모습은 나도 깜빡 속아 넘어갈 것 같더라고."

"그렇게 말씀해 주시니 감사합니다, 공자님."

"아니야. 이번에는 정말 잘했어. 그 정도 눈물은 흘려 줘야 놈들도 속아 넘어가지 않겠어?"

"별말씀을요."

"내가 보기에는 황궁에서 공연해도 되겠어, 철노."

한빈은 기분 좋게 입꼬리를 올렸다.

철노의 거짓 울음은 어떻게 된 것일까?

철노가 서재에서 만난 검은 그림자의 정체는 바로 한빈이었다.

한빈은 철노에게 사정을 듣고 흑사문 패거리를 옭아 넣을 계획을 짰다.

철노는 거기에 따라 장단을 맞춰 준 것뿐이었다.

한빈은 시선을 돌려 장수정을 바라봤다.

잠시 그녀를 보던 한빈은 고개를 끄덕이더니 대충 사정을 이야기했다.

"그러니까……."

하지만 한빈의 자세한 설명에도 장수정은 이해되지 않는 것이 하나 있었다.

"그런데 손해 보신 건 대체 어떻게 하시려고요?"

"손해라니요?"

한빈이 고개를 갸웃하자 장수정이 탁자 위의 문서를 가리켰다.

"저기 돈을 다 주겠다는 서약서가……."

그녀는 문서를 보고는 말을 잇지 못했다.

남에게 폐를 끼쳤다고 생각하니 갑자기 울음이 터져 나오려 했다.

철노도 고개를 갸웃하며 한빈을 바라봤다.

"저 문서는 저도 이해가 안 되는데요? 대체 왜 저렇게 큰 금액을 주기로 약조한 거예요? 공자님."

걱정 어린 눈빛을 한 철노를 보며 한빈은 씩 웃었다.

한빈의 웃음 덕분인지 철노와 장수정은 한빈의 다음 이야기에 집중했다.

그들의 시선을 모은 한빈은 탁자 위의 문서를 조용히 잡았다.

그러고는 철노에게 문서를 보여 줬다.

"여기 누가 누구에게 주기로 했다는 표시가 있냐?"

"네?"

철노는 문서를 뚫어져라 바라봤다.

손바닥만 한 문서 위에는 금액과 서명만이 있었다.

철노가 뭔가 생각난 듯 말했다.

"그렇다면 저 금액은 공자님이 받을 금액이라고 우기시려고요?"

"그건 아니지. 잘 생각해 봐. 누가 줄지 받을지도 모르는 문서가 효력이 있을 것 같아?"

"하긴 그렇죠. 그러면 그 문서는 무용지물이란 건가요? 공자님."

"그건 아니지."

말을 마친 한빈은 손바닥만 한 문서를 검지로 쳤다.

툭.

순간 문서 사이에 틈이 벌어졌다.

한빈은 아무렇지 않게 틈에 손가락을 넣어 문서를 펼쳤다.

그 모습을 보던 철노는 자신도 모르게 입을 벌렸다.

손바닥만 한 쪽지로 알았던 문서가 잘 접힌 커다란 종이였다는 것은 철노도 예상하지 못했다.

한빈이 종이를 완전히 펼치자 문서의 정상적인 모습이 눈에 들어왔다.

한눈에 보기에도 어지러운 조항들이 문서 위에 자리 잡고 있었다.

다 펼친 문서의 가장 아래 오른쪽에는 한빈과 설무익의 서명이 남아 있었다.

위쪽에 조항들이 주르륵 있고, 아래에는 당사자의 서명이 있다라?

이렇게 보니 완벽한 계약서였다.

어찌 보면 완벽한 계약서를 접어 놓은 것뿐이었다.

철노가 나지막이 말했다.

"설마 노예 계약서는 아니겠죠?"

"철노가 많이 늘었네. 그 설마가 맞아. 이제는 딱 보고 알아채네."

"아, 노예 계약서 맞구나. 그럼 저 밑에 금액은요?"

"위약금은 별도로 정한다고 여기 적혀 있잖아."

한빈이 문서의 한 부분을 톡톡 치며 말했다.

"그럼 우리한테 해는 없다는 거죠, 공자님?"

"그건 당연하고."

"저는 제가 괜히 사고 친 줄 알고 얼마나 마음 졸였는데요."

"사고는 무슨. 철노가 간만에 괜찮은 건수 물어 온 거지. 고생했으니까 며칠 쉬어."

한빈은 철노의 어깨를 다시 토닥이고는 의자에 몸을 맡겼다.

한빈이 자리로 돌아가자 철노는 씩 웃으며 장수정에게 고 개를 돌렸다.

"거봐, 동생. 우리 공자님이 하북제일이라고 했잖아."

"하북제일이라……."

장수정은 하북제일 뒤에 이어질 말이 언뜻 떠오르지 않았 다.

문제는 해결된 것 같은데 무엇이 하북제일이란 것인가?

그때였다.

장수정과 철노의 옆에 누군가가 나타났다.

사삭.

사람의 발소리라고 하기보다는 걸레질 소리에 가까운 은 밀한 소리.

장수정이 고개를 돌려 보니 하얀 무복의 여자아이가 자연 스럽게 서 있었다.

여자아이는 아무렇지도 않게 장수정을 바라보며 말했다.

"사, 아니 낚시꾼이요."

지금 말한 여자아이는 물론 설화였다.

"뭐라고 했니? 얘야?"

"하북제일 뒤에 마땅한 말이 떠오르지 않았잖아요, 언니."

너무도 친근한 태도에 장수정은 전에 알던 사이인지를 고 민하며 말없이 설화를 바라봤다.

"……."

"그 뒤에 나올 말이 사기꾼 아니었어요? 하북제일의 낚시꾼. 이 정도로 사람을 잘 낚는 낚시꾼도 없을 거예요. 태공망이 그랬잖아요. 사람을 낚는 낚시꾼이 진정한 낚시꾼이라고요."

설화는 배시시 웃었다.

사실 사기꾼이라고 하려다가 말을 바꾼 것이었다.

설화의 말에 한빈이 말했다.

"같은 낚시꾼은 맞지만, 태공망이 그런 말을 한 적이 있던가?"

"에이, 공자님, 오늘 같은 날은 그냥 넘어가 주세요."

말을 마친 설화는 어디서 났는지 당과를 꺼내 베어 물었다.

옆에 있던 철노가 설화를 보며 웃었다.

"설화야, 내가 사다 놓은 것도 있으니 마음 놓고 먹도록 하거라."

"철노 아저씨, 고마워요."

설화가 천진난만한 표정으로 고개를 숙였다.

그 모습을 바라보던 장수정은 살짝 고개를 흔들었다.

이 사람들의 정체를 알 수 없었기 때문이다.

참다못한 장수정은 용기를 내어 한빈에게 다가갔다.

"공자님."

"왜 그러시죠? 철노 친구분께서 제게 할 말이라도 있으신가요?"

"공자님은 대체 뭐 하는 분이시죠?"

"저는 하북팽가 사 공자인데요. 철노도 하북팽가 사람이고
요."

"하, 하북팽가요?"

장수정의 눈이 커졌다.

그러고는 뭔가를 떠올렸다.

그것은 하북팽가 사 공자에 대한 소문이었다.

분명 하북제일의 겁쟁이라고 했었다.

그녀의 오해는 당연했다.

수정반점이 있는 곳은 하북성에서 살짝 외곽으로 벗어나
있는 장운현.

그곳에는 아직 한빈의 예전 소문만이 남아 있기 때문이었
다.

그녀가 한빈과 철노를 조심스럽게 살피고 있을 때 설화가
말했다.

"거지 할아버지랑, 화산파 아저씨가 안 보이네요. 그리고
다른 아저씨들도 올 시간이 됐잖아요."

"뭐, 알아서 오겠지."

한빈은 탁자 위에 있는 만두를 베어 물고는 창밖을 바라봤
다.

한빈이 바라보는 방향은 천수장의 정문 쪽.

설무익 일행이 정문을 향해 걸어가고 있을 때였다.

그들의 앞에 거지 한 명이 걸어오고 있었다.

터벅터벅.

거지가 걸어오자 퀴퀴한 냄새가 코를 찔렀다.

설무익 일행은 잽싸게 옆으로 물러났다.

거지는 휘적휘적 그들을 지나쳐 어디론가 걸어갔다.

그 뒤로 대문 앞에서 봤던 다른 거지가 나타났다.

물론 그 거지는 서재오였다.

서재오는 누군가를 다급하게 쫓아가고 있었다.

"홍칠개 어르신!"

"왜 자꾸 불러?"

앞에 가던 홍칠개가 발길을 멈췄다.

"자꾸 저한테 일을 시키시면 어떻게 합니까? 저 사 공자가 오길 기다렸다가 물건 찾아서 돌아가야 한다니까요."

서재오는 억울하다는 듯 양손을 내밀며 하소연했다.

사실 서재오는 지금 미칠 지경이었다.

정의맹 하남지부에 홍칠개와 같이 방문한 후 자꾸 일거리가 늘고 있었다.

서재오는 한빈에게 매화 패와 자신의 검 매화삼경을 받아

이곳을 떠나야 하는 입장.

그런데 홍칠개가 정의맹의 일거리를 자꾸 갖다주자 하소연을 하는 중이었다.

그 모습에 홍칠개가 아무렇지도 않게 말을 이었다.

"자네, 애처럼 왜 그래? 화산파에 뭔 꿀이라도 숨겨 놓은 거 있어? 빨리 가서 뭐 하게? 어차피 강호행 중이잖아. 내가 알기로 한 이 년 남은 걸로 아는데……."

"어르신, 저 화산파의 매화검수입니다. 자꾸 어린애 취급하시면 섭섭합니다."

"그러니까. 이번 일만 끝내라니까."

"아, 어르신."

서재오가 다급하게 홍칠개를 뒤따라갔다.

그렇게 서재오와 홍칠개는 설무익 일행을 스쳐 지나갔다.

그 모습에 수하 하나가 말했다.

"서, 설마 무제자 홍칠개는 아니겠죠?"

"방금 화산파의 매화검수라고 한 것 같은데요?"

다른 수하도 걱정 가득한 목소리로 끼어들었다.

그들의 말에 설무익이 못마땅한 표정으로 수하들을 바라봤다.

"호들갑 좀 떨지 말라고. 너희는 저게 매화검수의 몰골로 보이냐?"

"그건 아니지만요……."

수하가 고개를 흔들자 설무익이 입꼬리를 살짝 올리며 말을 이었다.

"그리고 홍칠개가 여기서 왜 나와?"

"그건 그렇죠. 그런데, 조금 이상하긴 합니다. 그놈이 자기 공자가 무림인이라고 하지 않았습니까?"

"그건 나한테 벗어나려는 수작이고, 지금 매화검수니 홍칠개니 하는 것도 그놈이 자기 주인 보호하려고 거지한테 부탁한 거겠지."

"역시 공자님이십니다."

"너희, 그 공자란 놈한테 무인의 기척이 느껴졌어?"

"아니요."

"그래. 아무리 기척을 감춰도 살짝은 흘리고 다니는 게 무인의 기척이잖아."

"혹시 경지가 저희보다 높아서……."

"말이 되는 소리를 해라. 경지가 높아도 좁쌀만 한 기척 정도는 느껴지기 마련이다, 이놈들아. 그놈한테는 이류나 삼류에게서 느껴지는 기척도 없었어. 반박귀진의 경지가 아니고서야 그럴 수는 없지."

"아, 그러고 보니 그러네요."

"그러니까. 그놈은 그냥 우리가 생각한 대로 평범한 호구라는 말이지. 너희는 아까 그 철노라는 놈이 우는 거 못 봤어?"

"크크. 맞습니다, 설 공자님."

그들이 노닥거리며 천수장 정문을 나서려 할 때였다.

약초꾼 복장의 사람들이 천수장 정문으로 밀려 들어왔다.

그들은 바닥에 약초 꾸러미로 보이는 짐을 내려놓았다.

그러고는 초주검이 된 듯한 지친 표정으로 땀을 닦아 내었다.

그때 그들 옆을 지나던 설무익의 수하 하나가 힐끔 누군가를 바라봤다.

약초꾼 중에서도 피부가 까무잡잡한 여인이었다.

난공불락

　설무익의 수하는 자신도 모르게 여자 약초꾼을 보며 침을 삼켰다.

　약초 꾸러미 하나에도 힘들어하는 연약함과 까무잡잡한 건강미가 묘하게 상반되는 매력으로 다가온 것이다.

　설무익의 수하는 자신도 모르게 여자 약초꾼에게 말을 걸었다.

　"저, 짐이라도 들어 드릴까요?"

　"괜찮아요."

　여자 약초꾼은 작게 웃으며 손을 흔들었다.

　설무익의 수하는 여자 약초꾼의 거절에도 불구하고 씩 웃으며 약초가 담겨 있을 거라 생각한 짐을 들었다.

아니, 정확히는 들려고 시도했다.

"끙."

설무익의 수하는 자신도 모르게 낮은 신음을 흘렸다.

아무리 들어 올리려 노력해도 여자 약초꾼이 내려놓은 짐이 요지부동이었던 것이다.

여자 약초꾼이 안쓰러운 표정으로 말했다.

"괜찮아요."

"아니, 제가 할 수……."

설무익의 수하는 말을 잇지 못했다. 갑자기 그의 육체가 비명을 질렀기 때문이다.

뿌득.

그 비명이란 것은 추상적인 의미가 아닌 누구나 들을 수 있는 소리였다.

무리를 하는 바람에 탈골이 된 것이다.

앞서가던 설무익이 외쳤다.

"거기서 뭐 해? 빨리 오지 않고!"

"고, 공자님. 알겠습니다."

수하는 탈골된 어깨를 움켜쥐고 뛰어갔다.

수하는 뒤를 돌아보며 약초꾼들의 모습을 확인했다.

아무리 생각해도 이해가 안 되었기 때문이다.

자신의 어깨가 탈골될 정도의 짐을 짊어지는 약초꾼이라고?

수하는 설무익에게 이 사실을 이야기하려다가 고개를 흔들었다.

이야기해 봤자 또 잔소리를 들을 것이 분명해서였다.

설무익 일행은 그렇게 천수장에서 멀어져 갔다.

설무익 일행이 점이 되어 사라질 때 소대섭이 심미호에게 물었다.

"쟤네는 뭔가?"

"잘은 몰라도 착한 사람들인 것 같아요. 제 짐을 들어 주려고 하다가 어깨가 빠졌어요."

"에이, 조심하지 않고. 흑철이 보통 무게던가?"

"그러게 말이에요."

그때 심미호와 소대섭의 머리 위로 비둘기가 지나갔다.

그 모습에 심미호가 말했다.

"전서구인가 보네요?"

잠시 후.

전서구가 날아간 곳은 철노의 처소 앞이었다.

철노의 처소 앞에는 생각보다 많은 새장이 쌓여 있었다.

이건 업무의 효율을 위해 한빈이 전부터 설치해 놓은 것이었다.

철노의 처소 앞에 놓은 것은 천수장에 제일 많이 머무는 것이 그였기 때문이다.

정보는 가까이.

그것이 한빈의 신념이었다.

비둘기가 철노의 처소 앞으로 오자 설화는 재빨리 지붕으로 날아올랐다.

쉭!

지붕 위로 날아오른 설화는 비둘기 다리에 매인 쪽지를 꺼냈다.

비둘기를 새장 속에 넣은 설화는 모이 한 주먹을 밀어 넣고는 한빈에게 달려갔다.

"공자님, 전서 왔는데요."

"설화야, 그냥 네가 읽어."

한빈이 귀찮다는 듯 손짓하자 설화가 눈매를 좁히며 물었다.

"제가 읽어도 돼요?"

"그냥 읽어도 돼. 잘 읽으면 당과 하나 예약이다."

한빈은 손을 흔들며 설화를 재촉했다.

사실 이러는 이유는 한 가지였다.

반박귀진을 계속 사용하다 보니 몸에 무리가 온 것이다.

산동 가람산에서부터 하북까지 한빈은 쉴 틈 없이 반박귀진을 사용했다.

반박귀진을 열두 시진 내내 사용하는 것이 가능할까?

결론부터 말하면 가능했다.

아무리 력의 속성을 쓴다고 해도 속성 자체가 열두 시진이 지나면 회복되는 성격이 있었다.

그러니 박박귀진은 깨어 있을 때도 잠잘 때도 사용이 가능한 것이었다.

그러나 그렇게 무한하게 사용할 수 있는 반박귀진의 부작용은 바로 무기력이었다.

힘을 숨겨 두는 반박귀진을 오랫동안 사용하다 보니 묘하게 진짜 무기력감이 찾아왔다.

이것은 한빈이 극복해야 할 문제였다.

그때 설화의 목소리가 한빈의 상념을 깨웠다.

"대공자 귀환, 소가주 후보 한빈은 하북팽가로 올 것. 이거 딱 두 가지인데요."

"아, 첫째 형님이 오셨군."

"첫째 형님은 어떤 분이에요? 혹시……."

설화가 눈을 빛내자 한빈이 고개를 갸웃했다.

"혹시 뭔데?"

"당과 잘 사 주는 분일까 해서요? 헤헤."

설화가 실없이 웃자 한빈은 조용히 천장을 올려다봤다.

사실 한빈에게 첫째 형에 대한 기억은 그리 많지 않았다.

적인지 아군인지도 모르는 상황이었다.

전생의 경우, 첫째 형이 하북팽가로 돌아왔을 때는 한빈이 가출하고 난 뒤였다.

잠시 과거를 떠올리던 한빈이 무심코 혼잣말을 뱉었다.

"아마 지금이……."

한빈의 목소리는 점점 작아져 설화마저도 들을 수 없었다.

다음 날 하북팽가의 가주전.

한빈이 가주전에 들어섰다.

한빈이 들어서자 원로와 각주가 술렁이기 시작했다.

"황보세가 쪽에서 일이 잘 안 풀렸다고 하던데……."

"그야 당연하지, 그게 기한 안에 할 수 있는 일이던가? 더욱이 사 공자야, 사 공자."

그들은 목소리를 낮췄지만, 한빈의 귀에는 똑똑히 들렸다.

한빈은 그들의 얼굴을 하나하나 기억해 났다.

정화 부인 측 인원이 빠졌는데도 이렇게 한빈에 대한 험담이 오간다는 것은?

한빈은 씩 웃었다.

아직도 가문에서 해야 할 일이 많이 남아 있다는 증거였다.

한빈은 아무렇지 않게 태사의를 향해 걸어갔다.

그때였다.

타다닥.

뒤쪽에서 다급한 발소리가 들려왔다.

발소리의 주인공은 한빈을 가로지르더니, 이내 뒤돌아섰다.

한빈은 눈을 가늘게 떴다.

거대한 장한이 그의 앞을 막아섰기 때문이었다.

장한은 쌀쌀한 날씨에도 소매가 없는 상의를 걸치고 있었다.

구릿빛 피부에 드러난 근육은 마치 붓으로 획을 그어 놓은 것만 같았다.

한빈이 고개를 갸웃하자 사내가 말했다.

"막내야, 잘 지냈느냐?"

"……."

한빈은 말없이 그가 등 뒤에 메고 있는 거도를 바라봤다.

창만큼 긴 거도의 검신.

한빈은 그가 첫째 형임을 알 수 있었다.

'안 본 사이에 저렇게 컸다니!'

한빈의 표정을 본 첫째 팽혁빈이 한빈의 양어깨를 힘차게 잡았다.

"날 모르겠느냐?"

"아, 형님 아니십니까?"

한빈이 어색하게 웃으며 말하자 팽혁빈이 웃었다.

"그래, 안 본 사이에 많이 컸구나."

"네, 형님도 마찬가지입니다."

"그래, 네 말이 맞다. 크기는 내가 더 컸지."

팽혁빈은 한빈의 어깨를 감싸고 같이 가주 팽강위 쪽으로 걸어갔다.

팽강위의 앞에 선 한빈과 팽혁빈이 동시에 외쳤다.

"가주님을 뵙습니다!"

"아버님을 뵙습니다!"

두 아들의 인사를 받은 팽강위가 자리에서 일어났다.

터벅터벅.

묵직한 발소리를 내며 걸어온 팽강위가 한빈과 팽혁빈을 번갈아 보더니 말을 이었다.

"내가 원로와 각주를 이곳에 부른 이유는 한 가지네."

잠시 말을 끊은 팽강위는 주위를 둘러봤다.

그는 바늘 하나도 들어가지 않을 것 같은 단단한 눈빛으로 모두를 바라봤다.

원로와 각주는 재빨리 숨을 죽였다.

주위가 잠잠해지자 가주 팽강위가 말을 이었다.

"모두 집안에 일어난 불미스러운 일을 알고 있을 것이네."

"……."

주변은 더욱 조용해졌다. 모두 숨소리조차 죽이며 팽강위의 말에 귀를 기울였다.

팽강위가 말한 불미스러운 일이라는 것은 당연히 정화 부인이 벌인 일이다.

모두의 표정을 확인한 팽강위가 말을 이었다.

"소가주 후보 중 하나가 탈락했으니, 당연히 빈자리를 메꿔야 하는 법. 나는 모두의 의견을 듣고 싶네."

가주 팽강위는 원로와 각주를 하나하나 살피며 턱짓했다.

할 말이 있는 사람에게 자유롭게 발언권을 주겠다는 뜻이었다.

한빈은 그 모습을 말없이 바라봤다.

지금 어떤 논의가 진행되는지 대충 알 것 같았다.

소가주 후보라면 해야 할 일 중 하나가 가문의 경영.

모든 권한을 소가주 후보에게 주지는 않지만, 가문의 경영 중 일부를 후보에게 맡겨 시험하는 것이 관례였다.

이를테면 하북팽가가 소유하고 있는 상권의 관리 같은 것이었다.

이 공자가 정화 부인과 함께 가문에서 쫓겨났으니 그 빈자리를 메꿔야 할 터.

지금 그 논의가 시작되는 중이었다.

그때 각주 하나가 손을 들었다.

"사 공자는 아직 맡은 일이 없지 않습니까? 가주님."

"의견을 말해 보게."

"응당히 조금 넓은 지역을 사 공자가 맡아야 한다고 생각합니다."

"넓은 지역이라? 구체적으로 말하게."

"하북성 남쪽 장운현의 상권을 사 공자에게 맡기는 게 좋다고 생각합니다."

그때였다.

반대쪽에 있던 주작각주 가기군이 손을 들었다.

"가주님, 저는 반대입니다."

"자네도 할 말이 있으면 말해 보게."

"장운현은 사 공자가 맡기에 무리입니다. 그곳은 하북팽가와도 제법 거리가 있을뿐더러 사파의 구역과 겹치는 곳입니다. 어찌 보면 정치적으로 풀어 나가야 하는 구역입니다. 사 공자가 맡기에는 무리가 있다고 봅니다."

"가 각주, 무리가 있으니 능력을 시험할 수 있는 기회가 될 수 있는 게 아닙니까?"

처음 의견을 제시했던 각주가 끼어들자 가기군이 고개를 흔들었다.

"정 각주. 그럼 정 각주가 그곳을 직접 맡아 보는 것이 어떻겠습니까? 제가 입수한 소식에 의하면 강남의 백사문까지 장운현 부근을 탐색하고 있다고 합니다. 정파와 사파가 충돌할 수도 있는 일촉즉발의 구역이 장운현입니다. 그곳을 맡기에는 사 공자의 나이가 아직 어립니다."

"저도 한 말씀 할까 합니다."

이번에는 머리가 희끗한 원로가 끼어들었다.

하북팽가의 회의는 그야말로 전쟁터가 되었다.

그들의 설전을 지켜보던 한빈은 계속 그들의 얼굴을 담았다.

물론 아군과 적군을 나눠서 말이다.

지금 말한 가기군의 경우 확실한 아군이었다.

그가 한 말은 얼핏 보면 한빈을 무시하는 듯 보였다.

하지만 장운현의 사정을 아는 자라면 진심으로 한빈을 걱정하고 있다는 것을 알아챌 것이었다.

무림인들이 장운현을 부르는 다른 이름은 안개마을.

적과 아군이 확실치 않다고 해서 붙여진 이름이 바로 안개마을이었다.

안개마을 상권의 삼 분의 일은 사파가 틀어쥐고 있었다. 하북팽가를 비롯한 정파가 가지고 있는 지분은 삼 분의 일.

그렇다면 나머지 삼 분의 일은 누가 가지고 있을까?

그것은 다름 아닌 정사지간의 문파들이었다.

문제는 그곳 관원 대부분이 사파의 편이라는 것이었다.

한빈에게 장운현을 맡기자는 쪽은 한마디로 똥을 한 무더기 떠안으라는 것이나 다름없었다.

한빈이 아군과 적군을 머릿속으로 분리하고 있을 때 가기군이 외쳤다.

"절대 안 됩니다!"

"아닙니다. 장운현 상권의 관리는 사 공자가 맡아야 합니다!"

양쪽의 의견이 팽팽하게 대립하며 목소리가 점점 커지자 팽강위가 거도를 바닥을 찍었다.

쿵!

그 소리에 원로와 각주 들의 목소리가 잠잠해졌다.

팽강위는 옆을 바라봤다.

그곳에는 첫째 팽혁빈이 재미있다는 듯 원로와 각주를 바라보고 있었다.

그런 팽혁빈이 흥미롭다는 듯 잠시 눈에 이채를 띤 팽강위가 낮은 목소리로 말했다.

"네 생각은 어떠한지 말해 보아라."

"저는 본인의 판단이 제일 중요하다고 봅니다."

"그럼 막내가 좋다고만 한다면 막내가 짊어질 위험부담은 관계없다는 것이냐?"

"아버님, 한 가지만 여쭤도 되겠습니까?"

"얘기해 보거라."

"둘째가 장운현을 잘 관리했습니까?"

"그게 무슨 말이더냐?"

"제가 알아본 바에 의하면 장운현에 가 본 적도 없다고 들었습니다. 즉, 장운현의 관리는 뒷전으로 밀어 놨다는 겁니다."

"그럼 막내도 그렇게 해도 된다는 말이더냐?"

"그건 막내에게 달린 일이라고 생각합니다. 전임자가 개판을 쳐 놓은 일에 후임자가 성과를 내기를 바라는 자체가 어불성설입니다."

팽혁빈의 말에 가주 팽강위가 고개를 끄덕였다.

모두 맞는 말이기 때문이다.

"조금 더 자세히 말해 보아라."

"제가 하고 싶은 얘기는 후임자가 성과를 내었을 경우에 어떤 상을 줄지를 논의하는 게 정상이라고 봅니다."

팽혁빈의 말에 가주전은 조용해졌다.

한빈은 고개를 갸웃했다.

첫째 팽혁빈에게서 호의를 엿봤기 때문이었다.

가문의 형제 중에 이렇게 자신의 편인 사람이 있었던가?

의문도 잠시, 한빈은 지금 당장 앞에 닥친 일부터 처리해야 했다.

장운현을 맡는 것은 모두의 걱정과는 달리 한빈에게는 넝쿨째 굴러들어 온 호박.

딱.

손뼉을 한 번 친 한빈이 한 발 나섰다.

갑자기 나온 한빈의 모습에 모두가 고개를 갸웃했다.

시선을 모으는 데 성공한 한빈이 말했다.

"저는 형님이 말씀하신 안건에 더해 한 가지가 더 논의되어야 한다고 봅니다."

뜻밖의 말에 모두가 웅성거리기 시작했다.

웅성대던 이들 중 누군가가 낮은 목소리로 말했다.

"뭐야? 한발 뒤로 빼려는 건가?"

"한번 들어나 보자고."

"에이, 사 공자가 하는 얘기는 뻔하지."

모두가 웅성거리자 가주 팽강위의 시선이 한번 쓱 스치고 지나갔다.

순간 가주전은 시간이 멈춘 것처럼 조용해졌다.

팽강위가 한빈을 보며 턱짓했다.

"무슨 논의인지 말해 보아라."

"네, 저는 포상도 중요하지만, 실패에 따른 벌도 있어야 한다고 생각합니다. 그리고 모든 논의가 끝나면 장운현에 대한 관리는 제가 맡겠습니다."

한빈의 말이 끝나자 원로와 각주 들은 서로의 얼굴을 바라봤다.

실패했을 때 벌을 자청하는 한빈의 제안이 말도 안 된다는 표정이었다.

가주 팽강위도 한빈을 보며 고개를 갸웃했다.

잠시의 침묵이 이어진 후 가주 팽강위가 말했다.

"흑사문이 무서운 것은 그들의 힘이 아니다. 알고 있느냐?"

"네, 알고 있습니다."

"그들은 잃을 것이 없는 사파의 쓰레기다. 그것이 바로 장운현에 있는 사파고 그중 우두머리가 흑사문이다."

"네, 알고 있습니다."

"그런데 네가 장운현을 관리하겠다고? 네가 그곳을 맡겠다고 하는 순간, 네 어깨에는 가문이 아닌 우리 가문과 연관된 상인의 목숨이 달리게 된다. 그들은 너를 물고 늘어지지 않고 힘없는 상인을 물 것이다. 마치 미친개처럼 말이다. 그래도 감당하겠느냐?"

"네, 감당하겠습니다."

한빈이 한 발 앞으로 나서 포권했다.

그 모습에 모두가 눈을 크게 떴다.

한빈의 행동은 스스로 수령으로 한 발 내디디는 것이었다.

모든 상황은 한빈의 돌발 행동에 의해 정리되었다.

포상과 벌도 정해졌다.

포상은 한빈이 장운현에서 돌아와 요청하기로 했다. 실패했을 시 벌로는 그 책임을 물어 즉시 소가주 후보의 직책에서 내리기로 했다.

가주전에 모였던 이들은 썰물 빠지듯 빠져나갔다.

가주 팽강위가 힐끔 옆을 보고 말했다.

"한바탕 전쟁이 끝났군."

"그렇습니다, 형님. 간만에 가문이 돌아가는 느낌입니다."

대답한 이는 집법당주이자 가주의 동생인 팽대위였다.

"자네는 막내가 성공할 것으로 보는가?"

"물론 실패 쪽이지요. 어떻게 관리하는 상점에서 불만 하나 나오지 않게 장운현의 구역을 관리할 수 있겠습니까?"

"흠. 그럼 그 얘기는 이걸로 마무리하는 것으로 하고 남은 백아주나 있으면 주지, 아우."

"형님, 백아주는 누가 훔쳐 가고 없습니다."

"훔쳐 갔다고? 그걸 누가……."

"그러게요……. 누가 훔쳐 갔을까요?"

"혹시, 아우는 날 의심하는 것인가?"

"제 눈을 피해서 백아주를 가져갈 사람은 우리 가문에서 형님 말고 또 누가 있겠습니까?"

"아우가 잠결에 한 잔 했을 수도 있는 거지."

"참, 형님도……. 그걸 농담이라고 하십니까?"

"하하, 농담 아닐세."

"그런데 말입니다. 흔적이 묘합니다."

"무엇이 묘하다는 말인가?"

"보법이 묘합니다. 아무래도 무제자 어르신이 왔다 간 것은 아닌지……."

"설마 그럴 리가 있겠는가?"

"그, 그렇겠죠. 그런데 아까는 왜 그러셨습니까?"

"내가 실수라도 했던가?"

가주 팽강위는 고개를 갸웃했다.

"왜 막내에게 오행 패에 대한 시험을 완수했는지 물어보지 않았습니까?"

"성공했으면 그놈이 가만히 있었겠나?"

"하긴 그렇죠. 성공했으면 황보세가에서 밀서가 왔을 테죠."

"그렇지. 황보세가 가주가 아무 조건 없이 오행 패에 서명했을 리도 없고, 또 만약 성공했다고 하더라도 막내가 그걸 숨길 리도 없으니 결과는 뻔한 것이 아닌가?"

"저도 형님 말씀에 동의합니다. 그건 그렇고 하북 회합이 다음 달이라죠?"

"그렇다네. 아우도 시간 되면 참석하게."

"싫습니다. 돈 얘기가 오갈 텐데 거기에 제가 끼어서 뭐 합니까?"

"허허, 돈이 있어야 술도 마시지."

"저는 형님께 뜯어서 마시는 술이 제일 맛있습니다. 그런 의미에서 좀 보태시죠."

집법당주 팽대위가 활짝 웃으며 손을 벌렸다.

그 손 위로 묵직한 전낭 하나가 올려졌다.

탁.

뜻밖에 상황에 놀란 팽대위가 물었다.

"이게 웬 떡, 아니 돈입니까?"

"달라고 하지 않았나?"

"그래도 갑자기 이러시니 걱정됩니다, 형님."

"내 걱정은 하지 말고 첫째와 막내 놈의 행동이 과하다 싶으면 바로 내게 전하게."

"이 돈의 정체가 수고비였군요."

"수고비치고는 많이 넣었네, 아우."

말을 마친 팽강위는 빠른 동작으로 팽대위의 허리에 있는 호리병을 낚아챘다.

획!

"아, 형님, 또 제 술을 왜 가져가십니까?"

"술값은 지금 줬지 않나?"

"지금 주신 건 제 술값이 아니라 수고비입니다."

"실력 있으면 뺏어 보든가? 오랜만에 몸 좀 풀게."

"좋죠, 형님."

팽대위는 고개를 끄덕이며 거도를 틀어줬었다.

팽강위도 기분 좋게 입꼬리를 올리며 옆으로 가 병기대에서 아무 칼이나 잡았다.

챙! 챙!

몇 번의 합이 오간 가주전에서는 곧 웃음소리가 울려 퍼졌다.

❦

가주전에서 나온 한빈은 아무 일도 없었다는 듯 처소를 향해 걸어갔다.

한참을 걷던 한빈은 걸음을 멈췄다.

뒤에 익숙한 기척이 느껴졌기 때문이다.

"그만 나오시죠, 형님."

한빈의 말에 팽혁빈이 모습을 드러냈다.

"눈치가 빠르군."

"제가 겁이 조금 많아서요. 그런데 제게 하실 말씀이라도 있으신가요?"

"한빈이 네가 선택한 일이지만, 꼭 하고 싶은 말이 있어서 왔다."

한빈은 고개를 갸웃했다.

형들 중 자신의 이름을 불러 준 건 첫째 형이 처음이었기 때문이다.

한빈이 고개를 끄덕이며 답했다.

"말씀하시지요. 새겨듣겠습니다."

"내가 아까 둘째가 장운현을 관리하지 않았다고 했지?"

"네, 그러셨죠."

"왜 관리를 안 했는지 아느냐?"

"그야 귀찮아서가 아닐까요?"

정답이 아니라는 것은 알고 있다.

뭐, 가문을 어떻게 집어삼킬지에만 관심 있었던 정화 부인의 말에 충실했던 이 공자였다.

그가 수익이 별로 나지 않는 상권이었던 장운현에 관심이 없는 것은 당연했다.

한빈의 답에 팽혁빈이 살짝 웃었다.

"물론 그 이유도 있지. 하지만, 손댈 수 없어서 포기한 것이라고 본다. 즉 능력의 문제지."

"능력의 문제라면……."

"화경의 고수가 파리를 없앨 수 있을까?"

"흔히 하는 말로 파리 목숨이라는 얘기가 있지 않습니까? 화경의 고수까지 필요하겠습니까? 파리는 동네 아이들도 때려잡을 수 있죠."

"그렇지. 하지만, 파리는 없애도 또 나타나지."

"제게 어떤 가르침을 주시고 싶으신 건가요? 형님."

"사파는 파리와 똑같다. 정파야 우두머리 몇 놈만 족치면 설설 기기 마련이지. 그런데 사파는 우두머리 몇 놈을 족치면 우두머리가 그냥 바뀌고 끝난다."

"무슨 말씀인지 알겠습니다."

"네가 관리하는 장운현의 흑사문 놈들은 파리 중에서도 가장 악질적인 파리다. 그놈들을 관리할 수 있는 것은 같은 사파뿐이다. 여기까지가 내가 조사한 내용이니 참고하거라."

"감사합니다, 형님."

한빈은 작게 고개를 숙였다.

모든 게 팽혁빈의 말대로였다. 한빈은 팽혁빈이 자신을 걱정해 주고 있는 것이라 생각했다.

앞으로는 모르겠지만, 지금만큼은 첫째 형의 진심을 느끼고 있었다.

같은 소가주 후보인데 이런 도움을 준다라?

한빈은 둘째 형과는 다른 첫째 형의 태도에 살짝 미소를 지었다.

그것도 잠시 한빈이 의미심장한 표정으로 말했다.

"그런데 방금 해 주신 말씀 믿어도 되나요?"

"뭘 말이냐?"

"사파를 관리할 수 있는 것은 같은 사파뿐이라는 말씀 말입니다."

"뭐, 조사한 바로는 그렇다."

"그럼 형님만 믿겠습니다."

"뭘 믿는다는 말이냐?"

"그건 제 영업 비밀입니다."

"하하, 재미있구나."

활짝 웃는 팽혁빈의 눈썹이 꿈틀댔다.

그것도 잠시, 표정을 수습한 팽혁빈이 진지한 표정으로 말을 이었다.

"다시 말하지만, 파리는 죽일 수 없다. 죽이고 나면 썩은 파리의 사체 때문에 더 많은 파리가 모여드는 법이니까."

"네, 알겠습니다. 생각해 보니 형님의 강호행은 어땠습니까?"

"한마디로⋯⋯."

한마디로라는 단어로 시작했지만, 팽혁빈의 이야기는 끝날 줄 몰랐다.

한빈은 강호행이란 말을 꺼낸 것을 후회해야 했다.

팽혁빈과 장시간에 걸쳐 대화를 더 나눈 한빈은 그의 시야에서 점점이 사라졌다.

그 모습에 팽혁빈은 눈매를 좁혔다.

"다쳐서는 안 되는데⋯⋯."

그는 말끝을 흐리며 파란 하늘을 올려다봤다.

그것도 잠시 품에서 조그만 서책을 꺼냈다.

팽혁빈은 조용히 서책에 적힌 내용을 다시 살폈다.

이것은 친구 모용진우에게 받은 조사 내용이었다.

하북의 상황에 더해 막내 한빈에 대해 조사한 것이 자세히 적혀 있었다.

그냥 보기에는 평범한 막내였다.

아니 평범하다기보다는 불쌍해 보였다.

팽혁빈이 강호행을 나가기 전에 가장 걸렸던 것이 막내였으니 말이다.

그런데 수년간의 강호행을 끝내고 돌아와 보니 막내는 변해 있었다.

과연 어떻게 된 일일까?

청량한 하늘에 겹겹이 쌓인 구름만큼 팽혁빈의 의문도 늘어났다.

하북팽가 내 자신의 처소로 돌아온 한빈은 문턱을 넘지 않고 고개를 갸웃하고 있었다.

얼핏 본 사람들만 열 명이 넘었다.

홍칠개에서부터 천리 표국의 윤 표두까지.

한빈의 방이 그리 작은 편은 아니지만, 지금 모인 이들 때문인지 비좁게 보였다.

의문도 잠시 한빈의 머리가 맹렬히 돌아갔다.

이 정도면 안개마을이라 불리는 장운현에서 자신을 도와줄 인물들이 어느 정도 추려지는 것 같았기 때문이다.

한빈은 표정을 감추고 방 안에 옹기종기 모여 있는 사람들을 바라봤다.

"다들 여기에서 뭐 하십니까?"

와글와글 수다를 떨던 이들이 한빈의 목소리에 행동을 멈췄다.

고개를 돌리고 한빈을 바라보는 이들.

그들과 시선을 마주친 한빈이 다시 물었다.

"사부님은 정의맹 일 때문에 바쁘시다고 하지 않았나요?"

"오호, 제자야. 이제 왔구나. 정의맹 일은 팔팔한 놈에게 맡겨 놨으니 염려하지 말거라."

그때 홍칠개의 뒤쪽에서 서재오가 슬며시 튀어나왔다.

"그 팔팔한 놈이 바로 접니까? 어르신!"

"하하, 호랑이도 제 말 하면 나온다더니……."

홍칠개가 활짝 웃자 서재오는 억울하다는 듯 재빨리 그의 말을 잘랐다.

"저 아까부터 있었습니다. 그리고 저 바쁜 사람입니다, 어르신."

"누가 뭐라나?"

그들이 아옹다옹하자 한빈이 물었다.

"사질뻘 되는 서 대협은 여기에 왜 오신 겁니까? 검과 매화 패는 제가 설화에게 맡겨 놨는데요."

"그러니까. 그 설화가 문제일세."

"설화가요?"

한빈이 고개를 갸웃할 때 어디선가 설화가 쓱 튀어나왔다.

"공자님, 저 여기 있어요."

"그래, 설화 왔구나. 지금 서 대협이 하는 얘기가 뭐지?"

"공자님께 허락받을 게 있어서요."

"나한테? 당과 얘기는 아닐 테고……."

"네, 당과 얘기는 아니에요. 제가 화산파 아저씨하고 한 내기가 있거든요."

"내기라?"

"술래잡기요. 아저씨가 밤새도록 저를 못 잡으면 소원 하나 들어주기로 했거든요."

"그건 나도 기억나는구나, 설화야."

한빈이 고개를 끄덕이자 옆에서 지켜보던 홍칠개가 손뼉을 쳤다.

짝.

"그래, 그 약속은 나도 기억난다."

뒤쪽에 있던 심미호와 소대섭도 고개를 끄덕이자 서재오가 억울하다는 듯 외쳤다.

"아, 그래서 당과 사 준다는데, 설화가 싫다고 하잖나!"

"제 소원은 당과가 아니거든요, 화산파 아저씨."

설화가 고개를 흔들자 서재오가 눈매를 좁히며 말했다.

"네가 당과 말고 소원이 어디 있어?"

"있거든요."

마치 아이가 싸우듯 한 치의 양보도 없는 둘.

한빈이 어이가 없다는 듯 말했다.

"일단 그만하고 설화는 매화 패와 매화삼경을 사질뻘 되는 서 대협에게 내어 드려라."

"네, 공자님."

설화는 잠깐의 망설임도 없이 서재오에게 백색 무명천에 싸인 매화 패와 검을 내밀었다.

그것을 받아 든 서재오는 무명천을 걷어 내고 자신의 물건을 바라보며 침을 삼켰다.

"드디어, 드디어⋯⋯."

서재오가 감격에 말을 잇지 못할 때, 한빈이 설화에게 물어봤다.

"이제는 설화 차례지. 서 대협에게 요구할 소원을 말해 봐."

"저게 가지고 싶어요."

설화가 힘차게 팔을 들어 올려 검지로 어딘가를 가리켰다.

그 모습에 모두의 시선이 한곳에 모였다.

순간 감격에 떨고 있던 서재오는 고개를 갸웃해야 했다.

갑자기 부담스러운 시선이 자신에게 쏟아진 것이다.

서재오는 고개를 들어 설화를 바라봤다.

설화가 가리키는 곳은 다름 아닌 무명천 위에 놓인 자신의 물건이다.

서재오가 물었다.

"설화야. 이 검을 달라는 것이냐? 이건 내 애검인 매화삼

경이다. 이 검이 가지고 싶다면 이것보다 좋은 검을 만들어
주지. 더 가볍고 더 예리한 놈으로 말이다."

"그게 아니에요, 아저씨."

"그럼 설마 매화 패를 달라는 것이냐?"

"네, 맞아요. 제가 여기 있을 때까지만 제가 맡을게요."

"헉!"

서재오는 비명을 질렀다.

그 말은 설화가 천수장에 있는 한 자신도 떠나지 못한다는
말이었다.

매화 패가 탐나서라기보다는 자신을 묶어 두려는 뜻임을
서재오도 알고 있었다.

왜일까?

그의 머릿속에 의문이 쌓여 갔다.

체면을 버리고 이제라도 튀어야 하나?

서재오가 망설이고 있을 때 홍칠개가 그의 등을 두드렸다.

"자네 매화검수 맞지?"

"아, 어르신. 저 매화검수 맞죠. 그런데 왜 그러십니까?"

"매화검수가 설마 약속을 어기지는 않겠지."

"그건 그렇지만 설화의 얘기는……."

"아무래도 화산파 장문인에게 전서구 하나 날려야겠네?"

"전서구라니, 그게 무슨 말씀입니까?"

"안부라도 전할 겸 말이야. 그리고 매화검수가 모두가 보

는 앞에서 약속을 어겼다는 말도 덧붙여야겠지."

"어, 어르신."

서재오가 절망이 서린 눈빛으로 천장을 올려다봤다.

그러고는 혼자 중얼거렸다.

"지박령이라도 씐 걸까?"

그의 중얼거림 뒤에 설화가 나지막이 말했다.

"맞아요."

"헐. 맞긴 뭐가 맞아?"

"그 지박령 말이에요. 저한테도 들러붙었거든요."

설화는 해맑게 웃으며 눈짓으로 한빈을 가리켰다.

서재오는 자신도 모르게 고개를 끄덕였다.

그때 뒤쪽에서 윤 표두가 한빈에게 다가왔다.

"사 공자, 잘 지냈는가?"

"아, 윤 표두님."

"우리한테 맡겨 놓은 것은 찾아가야지."

"제가 맡겨 놓은 게 있던가요? 그러지 않아도 부탁드릴 것
이 있어서 찾아뵈려고는 했는데요."

"흠, 나보다 이 친구가 더 섭섭하겠네."

천리 표국의 윤 표두는 자신의 뒤쪽을 가리켰다.

그곳을 바라보니 어디선가 본 듯한 얼굴이 있었다.

한빈이 고개를 갸웃하자 사내가 정중히 포권했다.

"공자님, 잘 지내셨습니까?"

목소리를 듣고 난 한빈은 그제야 무릎을 탁 쳤다.

사내는 다름 아닌 검오.

하남정가로의 여정 중 만났던 양악군의 오른팔이었다.

다른 이는 다 풀어 주고 검오는 윤 표두에게 맡겼었다.

한빈은 사람 좋은 얼굴로 검오의 어깨를 감쌌다.

"검오라고 했지? 우리 앞으로 잘 지내보자고."

그 모습에 모두는 검오를 바라보며 안타까운 시선을 보냈
다.

삼 일 후, 하북팽가의 정문.

한빈과 적혈맹호대 그리고 천리 표국의 마차가 정렬해 있
었다.

장운현으로 떠나는 한빈을 마중 나온 것은 대공자 팽혁빈.

그는 주변을 쓱 둘러보며 한빈에게 물었다.

"막내야, 대체 이건 다 무엇이냐? 혹시 장운현에서 전쟁이
라도 치를 셈이냐?"

"전쟁이라뇨? 그런 일은 절대 없습니다."

"그럼 저건 다 무엇이냐?"

"저건 만일에 대비해서 준비한 식량과 생필품들입니다."

한빈은 뒤쪽에 있는 마차들을 엄지로 가리켰다.

팽혁빈은 더욱 호기심이 이는지 상체를 기울이며 은밀하게 다시 물었다.

"잠깐 둘러보러 간다고 하지 않았느냐? 그런데 저렇게 많이 준비했다고?"

"뭐든 확실하게 준비하는 것이 좋지 않습니까?"

한빈이 웃자 팽혁빈은 손을 저었다.

"그래, 네가 알아서 하겠지. 하지만 감당 못 할 일이 생기면 언제라도 손을 내밀거라."

"네. 알겠습니다, 형님."

"그리고 마지막으로 조언 하나 해도 될까?"

"말씀하시지요."

"수하들 중 건강이 안 좋은 친구들이 보이는구나. 긴 여정에는 빼는 것이 좋을 것 같다."

"건강이 안 좋다니요?"

"저 친구들 말이다."

팽혁빈이 가리킨 곳에는 장자명과 검오가 있었다.

그들은 며칠 밤을 새운 것처럼 입술이 바싹 말라 있었으며 눈은 시뻘게져 있었다.

"원래 체력이 약한 친구들입니다. 그러니 걱정하지 않으셔도 됩니다."

"알겠다. 나는 이만 가 보겠다."

그 말을 마지막으로 팽혁빈은 돌아섰다.

그들의 대화를 듣던 장자명과 검오는 서로를 바라봤다.

장자명이 낮은 목소리로 물었다.

"우리가 원래 건강이 안 좋았나?"

"장 의원님, 그건 아닌 것 같은데요. 잠도 안 재우고 일을 시키다니 너무합니다."

"그러게 말이다. 참, 자네는 기간이 어떻게 되지?"

"기간이라니요?"

"계약 기간 말이야."

"아, 계약 기간이요? 저는 종신인데요."

"아, 그렇구나."

장자명은 슬쩍 입꼬리를 올렸다. 자신보다 불행한 사람을 보니 괜스레 자신이 행복해지는 것은 왜일까?

그것도 잠시, 그는 어깨를 살짝 떨었다.

요 며칠간의 작업량이라면 남은 기간을 버텨 내지 못할 것 같아서였다.

검오의 지원이 없었다면 쓰러져도 진작 쓰러졌을 것이었다.

그때 한빈의 목소리가 울렸다.

"이제 장운현으로 출발한다."

손짓한 한빈은 조용히 마차에 올랐다.

창밖으로 장운현이 위치한 남쪽을 바라보던 한빈은 앞으로의 계획을 머릿속에 그렸다.

곧 하북을 넘어 북경까지 뒤집어 놓을 일이 장운현을 중심으로 벌어질 것이다.

"뭐, 계획대로라면 꿩 먹고 알 먹고지. 일단 방패는 구했으니 창도 구해 볼까?"

한빈의 혼잣말에 설화가 고개를 갸웃하며 물었다.

"공자님, 우리가 언제 방패를 구했어요?"

"철노가 며칠 전에 구해 놨잖아."

"혹시……."

"그 혹시가 맞아. 흑사문은 훌륭한 방패가 되어 줄 거야."

"흑사문을 치는 게 아니고 방패로 쓴다고요? 대체 어떻게 하시려고요?"

"그건 아직까지는 비밀이야."

한빈이 씩 웃자 설화는 더는 묻지 않았다.

그저 조용히 고개를 끄덕일 뿐이었다.

설화는 흑천에서 배우지 못한 강호라는 세상을 이곳에 와서 배운다 생각했다.

죽이거나 죽거나 하는 선택밖에 없는 살수의 세계와는 달리, 강호라는 세상의 모습은 더욱 복잡했다.

설화는 보이지 않게 손을 꽉 쥐었다.

꽉 쥔 손에서 뭔가가 느껴진다.

그것은 바로 당과 꼬치였다.

설화는 고민을 뒤로하고 당과를 베어 물었다.

한 시진 후 흑사문.

설무익에게 전서구 한 마리가 날아들었다.

전서구를 확인한 설무익은 급하게 아버지 설경추에게 달려갔다.

덜컹.

"아버지, 드디어 하북팽가의 사 공자가 움직였습니다!"

큰 목소리로 외친 설무익은 묘한 분위기에 눈을 크게 떴다.

흑사문의 고수들과 백사문에서 나온 진세미가 설무익을 어이가 없다는 듯 바라보고 있었기 때문이다.

설무익은 조용히 흑사문주 설경추의 앞으로 다가갔다.

"대체 무슨 일입니까? 아버지."

"휴우……."

흑사문주 설경추는 한숨을 뱉어 냈다.

설무익은 이 상황이 이해가 안 된다는 듯 주변을 둘러봤다.

그때 진세미와 눈이 마주쳤다.

시선이 마주친 진세미는 한 걸음 설무익에게 다가왔다.

"소식이 너무 느리네요. 저희는 반 시진 전에 이미 정보를 입수했어요."

"반 시진 전이라니요? 지금 막 떠났다는데……."

설무익은 손에 쥔 전서를 보여 줬다.

그 모습에 진세미도 쪽지 하나를 꺼내 들었다.

"이건 제가 반 시진 전에 받은 전서입니다. 설 공자가 맡긴 일을 집중 못 하신다는 얘기가 있기에 제 수하를 풀어놨습니다."

"대체 그게 무슨 말입니까? 진 소저."

"말 그대로입니다. 제 수하의 전서구는 반 시진 전에 도착했는데, 설 공자의 수하가 보내온 전서는 지금 도착했지요. 반 시진이면 문파 하나의 현판을 내릴 수 있는 시간입니다, 설 공자."

진세미는 할 말 없다는 듯 돌아섰다.

그러고는 수하들에게 외쳤다.

"다들 떠날 채비를 하여라!"

그 말을 마지막으로 실내에 있던 무사 반이 빠져나갔다.

씁쓸한 표정으로 그들이 사라지는 모습을 본 설경추가 탁자를 내려쳤다.

쾅!

순간 탁자가 우지끈 소리를 내더니 반으로 갈라져 내려앉았다.

그 모습에 흑사문의 고수들이 뒤로 한 발 물러났다.

흑사문주의 심기가 뒤틀린 것을 알아챈 것이다.

흑사문주 설경추는 아들 설무익의 앞으로 다가갔다.

"무익아, 이번 일이 우리 흑사문에 얼마나 중요한지를 아느냐?"

"네, 알고 있습니다."

"그걸 알면서 그랬다는…….''

흑사문주 설경추는 말끝을 흐리며 자신의 검집을 어루만졌다.

아들의 목이라도 벨 것 같은 모습이었다.

설무익은 검집을 쥔 설경추의 손이 떨리는 것을 볼 수 있었다.

지금은 어떻게든 설경추의 화를 풀 때였다.

설무익은 조용히 품에서 자신의 전리품을 꺼냈다.

그 모습에 설경추가 물었다.

"그것은 무엇이냐?"

"이것은 그러니까…….''

설무익은 말을 잇지 못했다.

한 장의 쪽지라 생각한 문서의 틈이 살짝 벌어졌기 때문이었다.

순간 등골이 오싹함을 느낀 설무익은 재빨리 말을 바꿨다.

"아닙니다. 저는 물러나 반성하겠습니다."

"다음에 실수한다면 내가 네 목을 베겠다."

흑사문주 설경추는 안광을 번쩍이며 검집을 들어 설무익

의 목에 겨눴다.

설무익은 포권한 뒤 재빨리 문주전을 빠져나왔다.

그러고는 떨리는 가슴을 억누르고 문서를 다시 살폈다.

천천히 걸어가며 문서를 살피던 설무익이 비명을 질렀다.

"악!"

이틀 뒤.

장운현에 도착한 한빈 일행은 하북팽가에서 경영하는 객
잔에 짐을 풀었다.

미리 통보한 덕에 객잔에 다른 손님은 없는 상태.

한빈은 적혈맹호대에게 묘한 지시를 내렸다.

그것은 객잔 주변에 울타리를 만드는 것이었다.

높이나 두께 모두 난공불락의 요새에 가까웠다.

하지만 한빈이 이제까지 지시한 내용 중 필요 없는 것이
있던가?

한빈의 지시 하나하나가 모두 생명과 직결되는 내용이었
다.

소대섭은 깊이 포권했다.

"알겠습니다, 주군."

"참, 이것도 대원들에게 나눠 줘."

한빈이 건넨 것은 검오와 장자명이 만든 목걸이였다.

목걸이를 받은 소대섭은 조용히 대원들에게 그것을 나눠 줬다.

모두의 반응은 똑같았다.

"이게 뭐지?"

"무슨 목걸이지? 그렇게 값나가 보이지는 않는데."

모두가 목걸이를 보며 웅성거리고 있을 때, 조호는 호기심을 못 이기고 한빈에게 달려왔다.

"주군, 이게 뭡니까?"

"피독주."

한빈이 아무렇지 않게 답하자 적혈맹호대 모두의 술렁임이 더 커졌다.

"피독주?"

"이게 피독주라고?"

피독주라 하면, 독을 막아 주는 물건이었다.

그런데 아무리 봐도 평범한 목걸이로만 보였다.

타원형으로 된 목걸이는 그저 장신구로만 보였던 것이다.

그 술렁임 속에 조호가 다시 물었다.

"주군, 피독주라니요? 혹시 사천당가라도 쳐들어오나요?"

"사천당가가 왜 여기에 오겠어? 자기네들 구역에서 독단하고 암기 찍어 내느라 얼마나 바쁜 애들인데."

"그럼 피독주가 왜 필요하지요?"

"그건 잠시 어디 다녀와서 얘기해 줄 테니 울타리나 튼튼하게 쳐 놓고 있어."

말을 마친 한빈은 홍칠개에게 걸어갔다.

"사부님, 제가 아까 말씀드렸던 거 부탁드립니다."

"오호, 알았다. 같이 가 보자꾸나, 제자야."

홍칠개가 활짝 웃으며 앞장서자 한빈과 설화가 그 뒤를 따랐다.

그들이 사라지는 모습을 본 조호는 의문이 풀리지 않는다는 듯 목걸이를 매만졌다.

그 모습에 새로 일행에 합류한 검오가 다가갔다.

"조호야."

"아, 검오야? 왜 그래?"

검오는 조호와 동갑내기였다.

그 때문인지 오랜 친구처럼 편하게 대하는 중이었다.

"그 목걸이, 장 의원님과 내가 만들었어. 그러니 안심하고 쓰면 돼."

"아, 장 의원님과 검오 네가 만들었다니……. 그렇다면 안심이지."

조호는 고개를 끄덕이며 목걸이를 걸었다.

나머지 대원들도 장자명과 검오가 만들었다고 하니 의심 없이 목에 걸었다.

그만큼 적혈맹호대 대원 모두에게 장자명과 새로 합류한
검오의 신임은 두터웠다.

한빈이 도착한 곳은 다리 밑에 있는 작은 움막이었다.
작은 움막의 옆에서는 거지 아이들이 뛰어놀고 있었다.
그때였다.
움막에서 우렁찬 목소리가 울렸다.
"점심시간이다!"
그 목소리에 아이들이 우르르 움막으로 모여들었다.
아이들이 움막으로 들어가자 건장한 거지 하나가 뒷머리
를 긁적이며 나왔다.
그를 본 한빈이 고개를 갸웃했다.
"거기서 네가 왜 나와?"
"거지 집에서 거지가 나오는 게 이상하냐? 팽가야?"
사내는 지난번 여정에서 한빈과 의형제를 맺은 광개였다.
한빈이 물었다.
"네가 맡은 하남 분타는 어떻게 하고 여기에 있는 거지?"
"엥? 그게 무슨 말이야? 네가 불러 놓고."
"그게 무슨 말이냐? 광개."
한빈이 고개를 갸웃하자, 광개의 시선이 바로 홍칠개에게 향했다.

한빈이 의아한 표정을 짓자 광개는 홍칠개를 바라보며 억울하다는 표정을 지었다.

"어르신, 팽가가 불렀다면서요?"

"내가 언제 불렀다고 했냐? 네가 필요하다고 했지."

"그게 그거 아닙니까?"

"광개 네가 돈이 되는 일이 있으면 불러 달라면서."

"그거야 그렇죠."

"내가 자세히 보니, 내 제자가 하는 일에 돈이 안 되는 게 없더구나. 그래서 부른 거지."

"아, 분타 일도 쌔빠지게 바쁜데……."

광개는 슬쩍 한빈의 눈치를 봤다.

그 눈빛을 본 한빈이 말했다.

"사부님 말씀이 맞아. 이번 일도 돈이 조금 되는 일이다."

"오, 역시 내 의형제라니까."

광개가 호탕하게 웃으며 한빈을 안으려 했다.

순간 한빈이 미꾸라지처럼 한 발 뒤로 빠져나가서 외쳤다.

"가까이 붙지 말고 거기에서 얘기하자고! 아니면 좀 씻든가?"

"홍칠개 어르신께는 아무 말도 못 하면서 왜 나만 가지고 달달 볶는 건가? 친구."

"사부님도 나를 만날 때는 씻는다."

"정말인가요? 어르신."

광개는 홍칠개를 바라보며 못 믿겠다는 듯 고개를 흔들었다.

홍칠개는 시선을 돌리며 헛기침했다.

"험."

그 모습에 광개는 한숨을 내쉬었다.

"거지가 거지답게! 그거 어르신이 하신 말씀이 아닙니까?"

"광개야!"

"네, 어르신."

"내가 동냥 생활 육십 년에 느낀 것이 뭔지 아느냐?"

"뭡니까?"

"거지도 때때로 품위를 지켜야 할 때가 있다는 것이다."

"아."

"헛소리 말고 밥이나 내와라. 점심 먹으면서 얘기하자."

"대신 밥값은 주셔야 합니다."

광개는 콧김을 뿜으며 움막 뒤로 갔다.

그 모습에 한빈이 외쳤다.

"밥값은 내가 줄 테니. 고기 좀 구워 봐!"

"오, 진짜 밥값을 준다는 거지? 그럼 내가 진수성찬으로 차려 줄 테니 기대해, 친구."

말을 마친 광개는 뒤쪽에서 투닥거리며 뭔가를 만들었다.

그 소리에 한빈이 입맛을 다셨다.

옆에서 모든 상황을 지켜보던 설화는 조금 어이가 없었다.

거지가 진수성찬을 차려 주는 것이 가능하겠는가?

설화가 나지막한 목소리로 물었다.

"진짜 동냥해 온 밥을 빼앗아 드시게요?"

"설화 너도 저놈이 차려 주는 점심을 먹어 보면 생각이 달라질 거야. 아마 거지가 된다고 집을 나갈 수도 있어."

"그건 아닌 것 같은데요, 공자님."

설화가 못 믿겠다는 고개를 흔들었다.

잠시 시답지 않은 이야기가 지난 후 광개가 움막 뒤에서 나왔다.

"다들 이리 오시죠!"

광개의 외침에 한빈 일행은 움막 뒤로 갔다.

움막 뒤에는 모닥불이 피워져 있었고 그 위에는 손질된 토끼 고기가 올려져 있었다.

광개는 토끼구이를 하나 집어 한빈에게 건넸다.

그것을 받아 든 한빈이 한 입 베어 물고는 엄지를 치켜들었다.

"역시, 최고라니까."

한빈을 시작으로 홍칠개도 꼬치를 하나 들었다.

설화도 한 입 베어 물더니 눈을 크게 떴다.

"당과만큼 맛있어요."

설화의 말에 놀란 것은 한빈과 홍칠개였다.

설화가 할 수 있는 최고의 찬사였기 때문이다.

광개는 이해가 안 된다는 듯 고개를 갸웃했다.

토끼구이가 거의 동날 무렵.

광개의 표정이 진지하게 바뀌었다.

"친구, 대체 무슨 일이 일어나고 있는 거야?"

"전염병에 준비해야 할 것 같다, 친구."

"저, 전염병이라고……."

광개의 눈이 한계까지 커졌다. 옆에서 대화를 듣고 있던 홍칠개가 급하게 끼어들었다.

"전염병이라니, 그게 무슨 말이냐? 제자야."

모두가 놀란 듯 한빈을 바라봤다.

광개와 홍칠개의 반응은 당연했다.

전염병에 가장 취약한 계층은 당연히 거지일 수밖에 없었으니까.

같은 개방도가 아니더라도 거지 무리가 죽는 것은 그냥 지나칠 수 없는 문제였다.

지금 움막에서 밥을 먹는 아이들도 개방도는 아니지만, 개방의 보호를 받는 거지들이었다.

전염병이 돌게 되면 민심은 사나워지게 마련.

거지들은 밥줄이 끊기게 된다.

거기에 더해 전염병의 원인으로 거지가 지목된다면 굶어 죽기 전에 돌에 맞아 죽을 수도 있다는 말이었다.

한빈은 그럴 줄 알았다는 듯 고개를 끄덕이며 말을 이었다.

"그러니까 말이지……."

이어진 한빈의 이야기에 모두는 조금씩 입을 벌렸다.

한빈의 이야기는 간단했다.

장운현에 독이 퍼진다는 것이었다.

독이 퍼진다는 표현이 조금 이상할지도 몰랐다.

하지만 한빈의 말대로라면 그 표현은 정확했다.

한빈은 음식 재료에 독이 섞여 유통될 것이라 말했기 때문이다.

그 독의 증세가 마치 역병과 비슷하다는 것이었다.

설명을 다 듣고 난 광개가 눈썹을 꿈틀대며 물었다.

"친구, 그러면 막으면 되지 않나?"

"어떻게 막을 건데?"

한빈이 고개를 갸웃하자 광개가 답답한 듯 가슴을 탁탁 치며 말을 이었다.

"재료에 섞어서 푼다면 당연히 유통을 막아야 하지 않겠나?"

"무슨 방법으로 막을까?"

"독이라면서? 왜 방법이 없어?"

광개는 답답한 듯 따지듯 물었다.

그 모습에 한빈은 차분한 표정으로 답했다.

"북쪽 지방에서 자라는 허혈초라고 들어 봤나?"

"금시초문이군."

광개가 뒷머리를 긁적였다.

사천의 사천당문이나 백독곡의 백독문도 모르는 독초였다. 정보력이 가장 뛰어나다는 개방이지만 어찌 보면 모르는 것이 당연했다.

"허혈초는 북쪽 지방에서는 잡초처럼 자라는 식물이지. 짐승이 먹어도 사람이 먹어도 추위에서는 힘을 못 펴. 하지만, 이곳에서라면 달라지지."

"……."

"허혈초에서 추출한 독은 보름은 복용해야 증상이 나타나는데, 그 증상이 아까 말한 대로 역병과 판박이지. 문제는 증상이 나타나기 전에는 독의 성격상 무색무취라는 거야. 은침을 담가도 표시가 안 나는 독이지."

"음."

"아무리 미리 말해 줘도 찍어 먹어 봐야 똥인지 된장인지 안다는 거지."

"그럼 너는 어떻게 알았는데?"

"……."

그 물음에 한빈은 팔짱을 끼고 광개를 바라봤다.

한참을 보던 한빈이 진지한 표정으로 물었다.

"믿을 수 있을까?"

"당연하지, 나를 못 믿으면 누굴 믿어?"

"너 말고 네 입을 말하는 거다."

한빈의 말에 광개는 자신의 입을 가렸다. 그 모습을 잠시 바라보던 한빈이 말을 이었다.

"생각해 보니 믿을 수 있겠네."

"그건 또 무슨 말이야?"

"뭐, 지난번에 쓴 비밀 유지 계약서 아직 유효한 거 알지?"

"흠."

광개는 뭔가 생각난 듯 헛기침을 하며 시선을 돌렸다.

그 모습에 표정을 푼 한빈이 말을 이었다.

"이건 황보세가에 있었던 일이야……."

한빈은 황보세가에서 괴인과 있었던 일을 이야기했다.

아직까지는 황보세가의 가주만 아는 비밀.

물론 그곳에 흑철이 있다는 이야기나 괴인이 이 공자로 변장을 하고 있다는 이야기는 살짝 뺐다.

황보만청과 죽을 뻔했다는 말까지 한 한빈은 슬쩍 그들의 눈치를 살폈다.

모두 침을 삼키며 한빈의 다음 말을 기다리고 있었다.

이제부터는 미리 만든 이야기를 전해야 할 때였다.

"그자가 우리가 죽을 줄 알고 말을 하더군."

"무슨 말을 했는가?"

광개가 다급히 물으며 침을 삼키자 한빈이 말을 이었다.

"장운현에서 일을 벌일 거라고 말일세. 목표가 분명히 개방도라고 했네."

"이런 썩을!"

광개는 흥분한 듯 들고 있던 꼬치를 부러뜨렸다.

홍칠개도 흥분한 듯 볼살을 실룩이며 이를 갈았다.

"그런 천인공노할 놈들이 있나? 하필이면 가장 힘없는 개방을 목표로 한다는 말인가. 쳐 죽일 놈들!"

광개와 홍칠개가 흥분하고 있을 때 한빈이 침울한 표정으로 말했다.

"그러니까 말이에요. 그렇지만 제가 적이라도 그럴 겁니다."

"그게 무슨 얘긴가? 친구."

"잘 생각해 보라고. 병법에 적을 공격하기 전에 눈과 귀를 막으면 백전백승이라는 이야기가 있잖나?"

"그야 그렇지."

"개방이 정파의 눈과 귀 아닌가?"

말을 마친 한빈은 조용히 홍칠개와 광개의 눈치를 살폈다.

그들의 눈빛에 서린 감정이 불타고 있었다.

그들의 눈앞에 토끼 고기를 갖다 놓으면 노릇하게 익을 정도였다.

사실 한빈이 말한 것 중 반은 진심이었다.

자신이 적이라도 상대의 정보 조직부터 괴멸시킨 후 싸움을 시작할 터였다.

"음."

광개는 침음을 삼키며 한빈을 바라봤다.

그 모습에 한빈은 조용히 고개를 끄덕였다.

창을 영입하는 데 반쯤 성공한 것 같았기 때문이었다.

이번 작전에서 개방은 창.

흑사문은 한빈의 방패가 되어야 했다.

사실 한빈은 철노가 흑사문을 물어 온 날.

이것이 운명인가 하는 생각을 했다.

한빈이 그들을 바라보고 있을 때, 광개가 조심스럽게 물었다.

"그럼 대책은 있는 건가? 친구."

"개방이 목표라면 이곳에서 개방이 사라지면 되는 거 아닌가?"

"우리가 사라진다고?"

"그래. 어린아이들은 다른 곳에 보내고 힘 좀 쓴다는 개방도는 남아서 놈들을 족칠 준비를 하는 거지."

"오호."

광개가 눈을 빛냈다. 그 옆에 있던 홍칠개도 손뼉을 치며 한빈의 의견에 동의했다.

한창 의견을 나누던 광개가 슬쩍 한빈의 눈치를 봤다.

"이런 얘기 하긴 뭐하지만, 혹시 보수가 있으면 좋긴 한데……."

"하하, 물론 주지."

활짝 웃은 한빈이 설화에게 턱짓했다.

신호를 받은 설화는 광개의 앞에 보따리를 갖다 놨다.

쓰윽.

보따리를 본 광개의 눈빛이 지진이라도 난 것처럼 흔들렸다.

"친구, 왜 계약서를 내미나? 이 거지에게 뜯어먹을 게 어디 있다고!"

손사래 치는 광개를 본 한빈은 한숨을 쉬며 말했다.

"휴, 이게 계약서로 보여?"

"보따리에 들어 있는 게 계약서 말고 뭐가 있다고?"

계속 손사래를 치는 광개의 모습에 한빈이 턱짓하자 설화가 보따리를 풀었다.

순간 광개가 눈을 감았다.

그것도 잠시 호기심 때문인지 슬쩍 눈을 떴다.

보따리에 담긴 것은 광개의 예상과는 달리 장신구였다.

"이게 대체 뭔가? 친구."

"이게 보수야."

"이게 보수라고?"

"이 장신구의 가치는 나중에 가르쳐 주지. 일단 이곳에 남을 개방의 고수들에게 나눠 주면 되네."

한빈은 할 말을 다 했다는 듯 자리에서 일어나며 옷을 털었다.

광개와 홍칠개에게 숙제를 남겨 준 한빈이 향한 곳은 장운현의 번화가였다.

번화가에 들어선 한빈은 설화에게 손을 내밀었다.

설화는 기다렸다는 듯 한빈에게 부채를 건넸다.

한빈은 부채를 활짝 펼치며 번화가를 활보했다.

누가 보면 번화가에 놀러 온 부잣집 공자 같은 분위기.

걸음걸이마저 설렁설렁한 게, 기루를 찾는 것처럼 보였다.

아니나 다를까.

몇몇 기루의 점소이는 한빈의 모습을 보고 소매를 잡아끌기까지 했다.

한빈은 지금의 반응에 만족하여 함박웃음을 지었다.

그는 여전히 부채를 접었다 펼쳤다를 반복하며 거리를 활보했다.

하지만 한빈의 눈동자만큼은 여유가 없었다.

쉬지 않고 주변을 살폈다.

사실 부채에 있는 산수화의 곳곳에는 장운현의 지도가 그려져 있었다.

와불

부채 위 지도에는 몇 개의 점이 있었다.

그 점은 한빈이 장운현에서 반드시 확인해야 할 곳을 표시한 것이었다.

지도를 들고 다닌다면?

그것은 한빈의 존재를 알리는 것과 마찬가지였다.

한빈은 그런 이유로 붉은 무복을 벗어 던지고 하얀 옷으로 말끔히 차려입었다.

설화도 마찬가지였다.

그냥 두면 눈에 띄는 외모이기에 적당히 남장을 시켜서 데리고 다니는 중이었다.

한빈은 지금 무엇을 계획하고 있을까?

한빈은 이곳에서 일어날 피해를 막는 것은 하책이라 생각하고 있었다.

만약 이곳에 일어날 피해만 막을 생각이었다면 하북팽가와 관련된 상인들만 뒤로 빼내면 충분했다.

그럼 한빈이 원하는 것은 무엇일까?

그것은 적이 원하는 것을 알아내는 것이었다.

한빈은 적이 무언가를 간절히 원하고 있다고 판단했다.

적이 원하는 건 없애든지, 자신의 것으로 만드는 것이 병법의 기본 원칙.

적이 원하는 것이 이곳에 있다고 판단하는 이유는 간단했다.

전생의 기억에 의하면 앞으로 보름이 지난 후 역병이 돈다는 소문과 함께 환자들이 나타난다.

이후의 이야기는 일사천리로 진행된다.

국가는 역병에 한해서는 인정사정없이 철저한 봉쇄를 원칙으로 한다.

황실의 명을 받은 하북성 군대는 장운현을 포위한다.

물 샐 틈 없는 포위망은 무림인마저도 빠져나가기 어려웠다.

그 상황은 한동안 이어졌다.

육 개월 후 봉쇄를 풀고 장운현을 살폈을 때 하북성의 군사들은 다시 놀라게 된다.

전염병으로 죽었다고 생각되는 사람보다는 굶어 죽은 사람이 더 많았기 때문이다.

배고픔에 서로 싸우다가 쓰러진 사람들도 꽤 되고 말이다.

그러던 중 마을의 곳곳에서 무엇인가를 파낸 흔적이 발견되었다.

처음에는 시체를 묻으려고 파낸 것이 아닌가 하는 추측도 해 봤지만, 구덩이 속은 텅 비어 있었다.

여기까지가 한빈이 아는 사건의 경위였다.

사건의 주범은 지금 이 마을을 지켜보고 있을 것이었다.

같은 시각.

백사문의 진세미도 장운현의 입구 앞에 잠시 섰다.

천천히 입구에 들어서려던 진세미가 힐끔 뒤를 돌아봤다.

그 모습에 그녀의 호위가 조심스럽게 물었다.

"아가씨, 무슨 일이라도……?"

"아니에요. 이상한 기척이 느껴져서요."

"이상한 기척이라니요?"

"아무것도 아니에요."

진세미는 고개를 돌리고 다시 입구를 향해 걷기 시작했다.

진세미는 마치 누군가 자신을 감시하는 느낌을 받았다.

하지만 기감을 끌어올려 집중해 보면, 미세하게 느껴지던 기척은 봄날 햇볕에 녹는 눈처럼 사라졌다.

　그것은 자신의 기감에 따라 기척을 조절하고 있다는 것인데, 그런 능력 자체가 말이 되지 않았다.

　거기에 그런 능력을 갖춘 고수라면 숨어 있다는 것이 말이 안 되었다.

　고개를 흔든 진세미는 호위를 바라봤다.

　"마휘 군사님이 챙겨 준 건 잘 보관하고 있겠지요?"

　"그럼요, 아가씨. 이건 목숨을 걸고 지키겠습니다."

　호위는 자신의 등짐을 가리켰다.

　진세미는 알았다는 듯 고개를 끄덕이며 앞장섰다.

　호위 무사가 다급히 따라가고 그 뒤로 열 명 정도의 무사들이 사파 특유의 흉흉한 기세를 뿜어내며 따랐다.

　그들의 행렬이 점점이 되어 마을 속으로 사라지자 장운현의 숲속에서 눈을 빛내는 이가 나타났다.

　"호호, 자꾸 먹잇감이 늘어나네."

　긴 머리를 늘어뜨린 하얀 무복 차림의 여인이 혼잣말을 뱉자 옆에서 검은 그림자가 스르륵 나타났다.

　"누님, 입맛 다시지 마. 우리 목표는 사람이 아닌 걸 기억하라고."

　"조금 즐기자는데 왜 이리 정색을 하실까? 전쟁터에서도

낭만은 피어나기 마련이잖아. 요즘 애들은 낭만을 몰라, 낭
만을."

"그건 누님이 할 얘기는 아닌 것 같은데."

"호호, 누님은 무슨 누님. 이렇게 젊은 누님 봤어?"

"화장만 하면 젊어지는 줄 알아?"

"그러니까. 생기가 필요한 거지."

하얀 무복의 여인이 그림자 쪽으로 손을 내밀자 그림자는
순식간에 사라졌다.

스사삭.

하얀 무복의 여인은 그림자 쪽을 보며 콧방귀를 꼈다.

"흥. 저런 매력 없는 놈하고 일하려니 짜증 나네."

말을 마친 여인도 자리에서 사라졌다.

사사삭.

그들이 사라진 곳에는 나뭇잎만 흔들릴 뿐이었다.

한빈과 걷던 설화가 물었다.

"누구의 짓일까요? 혹시 사파?"

"사파는 아니야."

한빈이 단칼에 자르자 설화가 눈매를 좁히며 다시 물었다.

"그럼 혹시 마교요?"

"잔혈마도 사건 이후에 대응을 안 하는 마교가 이런 일을 벌인다고? 그것도 아닌 것 같다."

한빈은 고개를 살짝 흔들었다.

이것은 진심이었다.

그것은 마교답지 못한 일이었다.

마교 놈들은 적어도 뒷문을 따고 들어온 적은 없었으니까.

힘을 중시하는 마교의 특성상.

중원을 침공하려고 하면 근처에 있는 곤륜파부터 치고 왔을 것이었다.

독을 풀어서 마을 하나를 전멸시키는 것은 그들의 방식이 아니었다.

적어도 마교와 지긋지긋한 싸움을 벌였던 한빈의 경험으로는 그랬다.

그렇다면 이 일의 주범은 누구일까?

이것은 한빈도 궁금한 점이었다.

그런 한빈의 눈빛을 알아챘는지 설화가 질문을 이어 나갔다.

"설마 정파는 아니겠죠?"

"그럼, 당연히 정파는 아니지."

한빈은 고개를 흔들었다.

하지만 이것은 반쯤은 거짓이었다.

한빈은 황보세가에서 마주쳤던 괴인의 집단이 벌인 일이

라고 확신하고 있었다.

그 괴인은 아마도 정파의 어딘가와 연결되어 있을 것이 분명했다.

가장 의심이 가는 곳은 전생에 악연으로 이어진 위씨세가였다.

한빈의 촉은 위씨세가와 의문의 집단 사이에 반드시 접점이 있을 거라는 데에 쏠리고 있었다.

한빈과 남자아이로 변장한 설화는 남들이 보기에는 나이 차이 나는 형이 동생에게 장운현을 구경시켜 주는 것처럼 보였다.

한빈과 설화 사이에 오가는 대화에 정, 사, 마가 안줏거리가 되고 있을 거라는 것은 아무도 상상 못 했다.

그만큼 그들의 표정은 밝았다.

여러 가능성을 염두에 두고 거리를 살피던 중 설화가 한쪽을 가리켰다.

"저기 보세요."

"어디?"

"저기요. 사람들이 벌 떼처럼 모여 있잖아요."

시선을 돌리자 관도 위에 몰려 있는 사람들이 한빈의 눈에 들어왔다.

설화가 눈을 크게 뜨더니 다급하게 외쳤다.

"저기 맛있는 걸 파는 것 같은데요!"

한빈도 고개를 끄덕였다.

삼 층 전각 높이만 한 불상이 보이고 그 아래에 사람들이
몰려 있었다.

한빈이 생각하기에도 좌판을 깔기에 좋은 자리였다.

"거참, 자리 한번 잘 잡았네."

한빈의 말을 듣는 둥 마는 둥, 설화는 인파 속을 헤치고 뛰
어갔다.

한빈도 설화의 뒤를 따랐다.

겨우 앞자리에 도착한 한빈은 고개를 갸웃해야 했다.

한빈이 예상했던 음식 좌판은 어디에도 없었다.

설화도 실망했는지 한숨만 푹푹 내쉬고 있다.

혹시나 하고 눈매를 좁히며 주변을 둘러보는데 누군가가
설화의 어깨를 톡톡 쳤다.

고개를 돌려 보니 지팡이를 든 노파가 멀뚱히 보고 있었
다.

"왜 그러세요? 할머니."

설화가 고개를 갸웃하자 할머니가 물었다.

"외지 사람이지?"

"네, 그런데요?"

"어휴, 그럴 줄 알았다니까."

"그게 무슨 말씀이세요? 할머니."

"줄을 서야지, 줄을."

"줄이요?"

"뒤를 봐 봐."

할머니가 뒤를 가리켰다.

그곳에는 흉흉한 눈빛을 한 마을 사람들이 설화를 째려보고 있었다.

설화가 무슨 일인지 모르겠다는 듯 할머니를 바라보자 한빈이 잽싸게 그녀의 소매를 잡아끌었다.

후다닥 인파에서 다시 나온 한빈은 주위를 돌아봤다.

이 층 창가가 비어 있는 다루 하나가 한빈의 눈에 들어왔다.

한빈은 불상이 잘 보이는 다루의 이 층으로 설화를 이끌었다.

자리에 앉은 한빈은 한숨을 내쉬었다.

"휴……."

"대체 무슨 일일까요, 공자님?"

"이제부터 알아봐야지."

그때 점소이가 주문을 받기 위해 다가왔다.

"뭘 드릴까요?"

한빈은 차를 주문하며 잠시 숨을 돌렸다.

점소이가 떠나자 한빈이 밖을 가리켰다.

"자세히 보니 진짜 줄을 섰네."

"그러게요, 공자님."

설화도 밖의 광경이 신기한 듯 사람들과 불상을 번갈아 보고 있다.

황금빛이 도는 불상이라?

한빈은 조용히 눈매를 좁히며 불상을 바라봤다.

조금 자세히 보니 황금은 아니었고, 나무로 만든 목조 불상에 황금색 도료를 입혀 놓은 것이었다.

그 불상의 앞에는 사람들이 줄을 서 있었다.

한 줄로 서기에는 너무 인원이 많다 보니 갈지자로 서 있었던 것이다.

그런데 그 사이를 설화와 뚫고 갔으니 마을 사람들의 원성을 들을 만도 했다.

문제는 저곳에 왜 사람이 몰려 있느냐였다.

과연 저건 무슨 상황일까?

그 의문을 해결해 준 것은 차를 내온 점소이였다.

"손님, 차 나왔습니다. 와불(臥佛)을 저렇게 유심히 보시는 걸 보면 외지 사람이신가 보네요."

점소이가 미소를 짓자 한빈은 품에서 철전 다섯 닢을 꺼내 그에게 내밀었다.

"일단 받으시고."

"어이쿠, 감사합니다."

"지금 와불이라고 그러셨죠?"

"네, 와불이 맞습니다."

"멀쩡히 앉아 있는데 왜 와불이라고 한 거죠?"

한빈이 밖의 불상을 가리켰다.

밖에 있는 불상은 편안히 좌선을 하고 있었다.

점소이는 한빈이 준 철전 때문인지 방글방글 웃으며 말을 이었다.

"저 불상은 원래 누워 있던 겁니다요."

"점소이 양반, 저 불상이 누워 있었다고요?"

"제가 여기서 일한 지 한 십 년은 넘었으니 저 불상에 대해서 저보다 더 잘 아는 사람은 없을 겁니다. 그러니까……."

점소이는 마치 자신의 일이라도 되는 것처럼 자랑스럽게 불상에 대한 일화를 털어놓았다.

원래는 누워 있는 와불이었는데 아침에 일어나 보니 불상이 좌선을 하고 있었다고 한다.

마을 사람들은 그때부터 저 불상을 와불 또는 생불이라고 부른다고 했다.

설명을 다 들은 한빈은 신기하다는 듯 불상과 줄을 선 이들을 바라봤다.

"그렇다면 저 불상 앞에서 공양을 드리면 될 것을, 왜 저렇게 줄을 선답니까?"

"아, 그 설명도 드려야 하는데 깜빡했네요."

"네, 말해 보세요."

"저 불상에 소원을 빌고서 철전을 올리면 묘하게 철전이 사라진답니다. 그래서 사람들은 철전에 자기 이름을 써서 저 불상의 손에 올려놓고 다음 날 확인합죠."

"오, 그런 신기한 일이······."

한빈은 말끝을 흐리며 안력을 돋워 사람들의 행동을 바라봤다.

점소이의 말대로였다.

사람들은 불상의 손바닥 위에 철전을 가지런히 올려놓고 공양을 드리고 있었다.

묘한 것은 철전을 겹쳐 놓지 않는다는 것이었다.

한빈이 다시 질문을 이었다.

"그럼 다음 날 남은 철전은 어떻게 되죠?"

"이제까지 부처님이 철전을 안 가져간 날은 없습니다요."

"허. 그럼 소원도 다 이루어졌겠네요?"

"이건 비밀인데요······."

점소이는 말끝을 흐리며 한빈의 귀에 얼굴을 갖다 댔다.

"얘기하시죠."

한빈이 고개를 끄덕이자 점소이가 은밀한 목소리로 말을 이었다.

"소원이 이루어지는 건 솔직히 복불복 같습니다요. 요건 비밀입니다. 외부 손님들이 알면 매출 떨어지거든요."

"아, 그렇군요."

한빈은 고개를 끄덕이며 부채를 폈다.

좌르륵.

부채를 펼치는 경쾌한 소리가 난 후 한빈은 불상과 지도 위의 점을 번갈아 바라봤다.

불상이 있는 위치는 지도에 표시된 점과 비슷했다.

일단 한 군데는 확인했으니 이제 다른 곳이 남았다.

그때 설화가 말했다.

"저희는 소원 안 비나요?"

"설화야, 너도 빌고 싶니?"

한빈이 팔짱을 끼며 묻자 설화가 두 손을 모았다.

"네, 저도 빌고 싶어요."

"흠, 그럼 이렇게 하자."

"공자님, 어떻게 하자고요?"

기대감 가득한 설화의 모습에 한빈이 품속의 철전을 만지작거렸다.

잠시 후.

설화는 철전에 자신의 이름을 썼다.

일단 화(花)를 쓴 설화는 잠시 망설였다.

한빈은 그 모습을 보며 피식 웃었다. 혈을 써야 하나 설을 써야 하나를 고민하는 것 같았기 때문이다.

"설화야."

"네, 공자님."

설화가 고개를 갸웃하며 한빈의 다음 말을 기다렸다.

"지금 정할 필요는 없어. 네 마음 가는 대로 쓰면 돼. 글자가 중요한 게 아니라 글자가 나타내는 향이 중요한 거다, 설화야."

"아, 글자의 향기라고요?"

설화는 마치 한빈의 말을 되새김질하듯 눈을 깜빡였다.

그 모습에 한빈은 어색하게 웃었다.

한빈이 말한 글자의 향기란 추상적인 의미가 아니라 실제 향기를 말하는 것이기 때문이었다.

한빈 자신만이 맡을 수 있는 향기가 먹물에 섞여 있었다.

"뭐, 그렇지."

"알겠어요, 공자님."

설화는 희미하게 웃으며 붓을 내려놨다.

툭.

동전에는 한 글자만 적혀 있었다.

한빈이 철전을 잡았다.

"이건 내가 올려 줄 테니, 밖에서 소원을 빌고 와. 그리고……."

한빈은 마지막 말은 설화만 들을 수 있게 속삭였다.

그러고는 밖의 와불을 바라보며 초식을 떠올렸다.

'백발백중.'

설화는 조용히 나가서 와불에 소원을 빌기 위해 기다리는 사람들 사이로 사라졌다.

설화가 아무도 눈치채지 못하게 와불에 거의 다가섰을 때였다.

앞자리에서부터 군중이 술렁이기 시작했다.

와불에 공양을 드리기 위해 맨 앞에 선 사람 중 하나가 외친 것이 소란의 시작이었다.

"기적이다!"

"무슨 일인데 기적이라고 하시나요?"

뒤쪽에 중년 여인이 호기심 가득한 눈으로 묻자 기적이라고 외친 사내가 손을 들어 와불의 손바닥을 가리켰다.

"저기 보세요, 철전이……."

사내는 와불의 손바닥 위에 있는 철전을 가리키며 살짝 떨었다.

순간 모두의 시선이 그 철전으로 모였다.

철전을 확인한 중년 여인이 손뼉을 쳤다.

"어머나, 세상에!"

그 뒤를 이어 사람들이 웅성거렸다.

"어떻게 와불의 손바닥 위에 철전이 서 있지?"

"그러게 말이에요? 기적이네, 기적."

웅성거리는 사람들을 뚫고 설화가 철전을 확인했다.

"앗."

설화마저도 낮게 탄성을 질렀다.

수많은 철전 중에 딱 하나가 다리라도 달린 것처럼 딱 서 있는 것이었다.

설화는 눈을 가늘게 뜨고 철전에 집중했다.

순간 설화의 입이 살짝 벌어졌다.

철전에는 다름 아닌 화 자가 적혀 있던 것이다.

한빈이 다루의 이 층에서 던져 놓은 철전이 분명했다.

그때 누군가가 말했다.

"저 철전 주인의 소원은 확실히 이루어지겠네요."

"그러게 말이야. 철전 주인은 좋겠어."

"부처님이 철전을 세워 주신 게 분명해."

그들의 웅성거림에 설화는 고개를 돌려 다루의 이 층을 바라봤다.

그곳에서는 한빈이 사람 좋은 얼굴로 활짝 웃으며 손짓하고 있었다.

손짓으로 봐서는 소원을 빌라는 뜻 같았다.

설화는 조용히 손을 모으고 소원을 빌었다.

차 한 잔 마실 시간이 지나자 설화가 고개를 들었다.

와불 앞에서 일어난 소란은 꺼질 기미가 안 보였다.

이젠 구경꾼들까지 모여 와불에 올려진 철전을 구경하고

있었다.

설화는 그 소란을 뒤로한 채 한빈이 있는 다루로 올라왔다.

한빈은 아무렇지도 않게 창밖을 바라보고 있었다.

다만 왼손만은 박자에 맞춰 탁자를 두드리고 있었다.

톡톡.

그 모습에 고개를 갸웃한 설화는 돌아와 앉자마자 자초지종을 캐물었다.

"공자님, 어떻게 된 거예요?"

"아무래도 우연인 것 같네."

"저렇게 동전이 서 있는 게 우연이라고요?"

"손바닥 위에 동전을 올려놓은 것은 내 실력인데, 철전이 저렇게 설 줄은 나도 몰랐어."

"아."

설화가 입을 벌렸다.

그 모습에 피식 웃은 한빈이 말했다.

"그러니까 네 소원은 이루어질 거야. 소원이 뭔지는 모르겠지만."

"그럼 다행이고요. 헤헤."

설화가 실없이 웃었다.

그 모습에 한빈은 턱을 괴며 와불의 주변을 바라봤다.

물론 왼손으로 탁자를 치는 것은 그대로였다.

한빈은 무엇을 하고 있는 것일까?

한빈은 지금 누군가가 불상에 다가오기까지의 시간을 재고 있었다.

톡톡 치던 한빈의 손이 멈춘 것은 점소이가 차를 한 잔 더 내오고 나서였다.

"주문하신 차 내왔습니다, 손님."

손가락으로 박자를 맞춰 치던 것을 멈춘 한빈은 점소이를 바라봤다.

시선이 마주친 점소이는 최대한 활짝 웃었다.

그 웃음이 사그라들기 전에 한빈이 품속에서 철전을 꺼내 다시 점소이에게 쓱 건넸다.

눈이 커진 점소이가 말했다.

"계속 안 주셔도 되는데……."

말과는 달리 철전은 점소이의 품속으로 사라졌고 한빈이 기다렸다는 듯이 말을 이었다.

"내가 초행길이라 궁금해서 그러는데, 이 근처에 구경할 만한 곳이 있나요?"

"구경할 만한 곳이라고요?"

점소이가 놀란 듯 되묻자 한빈이 말했다.

"뭐, 별건 아니고, 저렇게 사람이 몰려 있는 곳도 좋지만 좀 한적한 곳을 구경하고 싶어서요."

한빈이 철전 하나를 다시 탁자 위에 올려놨다.

점소이는 철전을 번개처럼 집더니 입에 물레방아를 달아 놓은 듯 설명을 이어 나갔다.

"그러니까……."

점소이의 설명은 한동안 이어졌고 한빈은 그가 말하는 장소를 머릿속에 담았다.

한참 동안 설명하던 점소이가 숨을 고르다가 다시 입을 열었다.

"후……. 여기까지가 장운현의 명물들입니다, 손님. 그런데 제가 말씀드린 폐가나 귀신 들린 우물 같은 데는 괜히 담력을 시험한다고 일부러 가지는 마십쇼."

점소이는 명승지뿐 아니라 신기한 곳도 술술 읊었다.

"하하, 알겠습니다."

한빈이 기분 좋게 웃자 점소이는 고개를 숙이며 자리로 돌아갔다.

점소이가 사라지자 설화가 나지막한 목소리로 말했다.

"아무리 봐도 수상한 사람은 없었어요."

이것은 한빈이 설화에게 부탁한 것이었다.

"고맙다, 설화야."

한빈이 설화를 보며 고개를 끄덕일 때였다.

점소이가 다과가 든 접시를 들고 왔다.

"손님, 이건 제 성의입니다."

"곧 일어날 건데……."

"그래도 성의니 맛이라도 보고 가시죠."

"네, 그러죠."

한빈이 씩 웃자 점소이는 허리를 숙이더니 다시 자리로 돌아갔다.

잠시 후.

접시에 담긴 과자와 새로 내온 차를 맛본 한빈이 말했다.

"설화야, 그럼 이만 나갈까?"

말을 마친 한빈은 다루를 나와 관도를 걷기 시작했다.

설화가 궁금증을 못 참고 물었다.

"공자님, 대체 무슨 꿍꿍이세요? 아무리 생각해도 감을 못 집겠어요."

"아, 별건 아니고 와불이 수상해서."

"와불이 수상하다니요?"

"생각해 봐, 누워 있던 불상이 어느 날 갑자기 좌선을 하고 있다는 걸 어떻게 믿어?"

"마을 사람들은 믿잖아요."

"그러니까 더 이상하지. 그건 누군가가 믿게 만들었다는 게 아닐까?"

"사람들을 믿게 만들었다고요?"

"아까 얼핏 보니 철전 중에 좀 독특한 놈들이 있더라고."

한빈이 다른 이야기를 꺼내자 설화가 고개를 갸웃했다.

"독특하다니요?"

"철전 중에 색이 다른 놈이 섞여 있었어."

"그게 이상한가요? 철전이야 사람 손을 타게 되면 색이 변하게 마련이잖아요."

"내가 본 건 찌그러진 철전이야."

"그게 이상한가요?"

"돈을 그렇게 찌그러뜨리는 사람이 흔하지는 않지."

"찌그러진 철전으로 뭐 하게요?"

"할 거야 많지. 전에 동냥 그릇에 담긴 철전으로 정보를 모았던 친구를 하나 아는데……."

"아, 그만요. 공자님."

설화가 손을 내저었다.

한빈이 말한 것은 설화였다.

거지 행색을 하고 동냥 그릇에 담긴 철전으로 정보를 교환하던 과거의 설화를 말하는 것이었다.

설화의 표정을 본 한빈의 미소가 더욱 짙어졌다.

"내가 보기에는 와불도 그 방식과 똑같아. 조금 더 치밀하고 조금 더 판이 크다는 걸 제외하고는 말이지."

"판이 크다면 혹시……."

"그 혹시가 맞을 것 같다, 설화야."

"그럼 무림 단체의 정보 조직이라는 거죠? 대체 어느 단체일까요? 그럼 그 조직이 사람들에게 믿음을 심었다는 거죠?"

설화는 어느 때보다 눈을 빛냈다.

"그건 이제부터 알아봐야지."

한빈은 부채를 펴고 앞서 나갔다.

촤르륵.

펼친 부채를 바라보는 한빈의 눈동자가 빨라졌다.

사실 설화의 철전이 부처의 손바닥 위에서 꼿꼿이 선 건 우연이 아니었다.

한빈은 부처의 손바닥 위 손금을 겨냥했다.

백발백중 덕분에 철전은 손금 중 가장 수상한 부분에 명중했다.

그 손금 사이로 철전이 꽂히자 소란이 일어났다.

소란은 당연히 의도된 것이며 누가 불상을 살피러 오나를 지켜보기 위함이었다.

그런데 묘하게도 불상을 살펴보러 오는 이는 없었다.

그렇다면 가능성은 딱 하나였다.

한빈이 찾는 누군가는 불상을 이미 지켜보고 있다는 것이 결론이었다.

그때 한빈을 뒤따르던 설화가 고개를 갸웃했다.

"공자님, 어디를 가시는 거예요?"

설화는 큰 목소리에 이어, 한빈만 들을 수 있게 작은 목소리로 속삭였다.

"누가 따라붙은 것 같아요, 공자님."

한빈은 설화만 볼 수 있게 손으로 신호를 보냈다.

알고 있다는 뜻이었다.

한빈은 남들이 들을 수 있게 외쳤다.

"그럼 구경이나 가 볼까!"

"그래요."

설화가 맞장구쳤다.

얼마나 갔을까?

한빈이 설화에게 말했다.

"여기가 아닌가 보다. 이제 돌아가자."

"그게 무슨 말씀이에요?"

설화는 말과는 다르게 눈짓으로 알았다는 표시를 보냈다.

한빈이 작게 말했다.

"참, 끈덕지네."

"따돌린 거 아닌가요?"

"처음 놈은 따돌렸는데, 중간에 붙은 놈들이 말썽이네."

"끊고 가시는 게 어때요? 공자님."

"괜히 끊으려다가 칼날만 상하는 수도 있어."

"그 정도예요? 공자님?"

"지난번에 봤던 잔혈마도보다 한 수 위야."

말을 마친 한빈의 표정은 그 어느 때보다 진지했다.

"……"

설화는 아무 말 없이 한빈을 바라봤다.

잔혈마도와 붙었던 이야기는 설화도 아는 사실.

잔혈마도는 흔히 말하는 화경의 고수였다.

그런데 잔혈마도보다 위라니?

설화가 눈을 크게 뜨고 있자 한빈이 웃으며 말을 이었다.

"걱정하지 마. 한 명이 아니라 두 명이니까."

"그런데 왜 걱정을 안 해요?"

"한 명이면 어떻게 해야 하나 고민되는데, 둘이면 선택의 여지가 없잖아."

"선택의 여지가 없다니요?"

"그런 고수가 툭 치면 그냥 누워야지 어떻게 해?"

뭐, 반은 농담이었다.

구걸십팔보와 용린검법 중 속(速)의 속성이 있는 한, 최소한 도망은 칠 수 있으니 말이다.

거기에 더해 뒤를 따르는 둘의 행태로 보면 한빈과 설화를 공격해 올 리가 없었다.

설화의 마음과는 다르게 한빈은 기대감 가득한 눈으로 먼 산을 바라봤다.

한빈이 다루를 나와 이렇게 돌아다니는 이유는 한 가지였다.

지도에 표시해 둔 장소를 찾아보며 사람을 찾기 위해서였다.

한빈이 찾아야 할 사람은 두 종류였다.

첫 번째는 보물을 지키려는 자.

두 번째는 보물을 빼앗으려는 자였다.

첫 번째 무리인 와불과 관련된 자들은 다루에서 나올 때 한빈에게 따라붙었다.

하지만 천리추종향이 있으니 언젠가는 찾을 수 있기에, 바로 따돌리고 말았다.

한빈이 느낀 그들의 경지는 일류였다.

그렇게 설화와 장운현을 둘러보던 중 운이 좋은 건지는 몰라도 두 번째 무리인 보물을 빼앗으려는 무리도 발견했다.

황보세가에서 봤던 정체불명의 괴인과 흡사한 기척.

화경으로 추정되는 경지.

분명히 보물을 빼앗으려는 무리가 분명했다.

설화에게는 말하지 못했지만, 한빈은 분명 기뻐하고 있다.

병법에서 말하길 적을 알고 나를 알면 싸움에서 위태로움이 없다고 했다.

이제 적을 발견했으니 사냥을 준비해야 했다.

한빈은 보이지 않게 웃었다.

사람 좋은 얼굴을 하던 한빈의 표정이 진지하게 바뀌었다.

한빈은 부채를 품속에 넣었다 뺐다.

넣었던 부채는 지도가 그려진 것.

꺼낼 때는 물론 다른 부채였다.

한빈은 은밀히 살을 하나 부러뜨리며 외쳤다.

"어이쿠!"

"왜 그러세요? 공자님."

설화가 장단을 맞추자 한빈이 말을 이었다.

"부챗살이 부러졌구나."

"이리 줘 보세요. 저잣거리에 가면 고칠 수 있을 것 같은데……."

한빈은 말끝을 흐리며 아무렇지도 않게 부채를 버렸다.

휙.

"그냥 둬. 남는 게 부챈데 뭐 하러 고쳐?"

"그래도……."

"그냥 가자."

부채를 버린 한빈은 설화와 함께 아무렇지도 않게 조용히 걷기 시작했다.

한빈과 설화가 사라지고 잠시 뒤.

검은 무복의 사내가 소리 없이 그 자리에 나타났다.

그 사내는 한빈이 떨어뜨리고 간 부채를 주워 들었다.

동시에 길가 옆 우뚝 솟은 나무 위에서 하얀 신형이 모습을 드러냈다.

스르륵.

하얀 무복을 입은 여인은 얇디얇은 나뭇가지 위에 다리를 꼬고 앉아 고개를 갸웃했다.

그때 검은 신형이 그녀의 옆에 나타났다.

스르륵.

검은 신형의 정체는 검은 무복을 입은 사내였다.

"뭘 그렇게 보고 있나? 누님."

"하는 짓이 황당해서 그렇지. 그깟 부채를 왜 주워 온 거지?"

"수상한 놈들이 남기고 간 단서를 그냥 모른 체하라고?"

흑의 무복의 사내가 못마땅한 듯 여인을 바라봤다.

여인은 아무렇지도 않게 한빈이 사라진 곳을 바라보며 말했다.

"그건 그렇고, 쟤네가 눈치챈 것 같지 않아?"

"그건 불가능하지. 딱 보기에 계집년은 한 가닥 하는데, 저 젊은 놈에게는 한 톨의 내공도 느껴지지 않거든. 그런데 어떻게 우리의 기척을 눈치채?"

"그런가? 나는 저 젊은 사내놈이 좀 더 거슬리는데……."

백색 무복의 여인이 눈매를 좁히자 검은 무복의 사내가 못마땅한 듯 고개를 흔들었다.

"그건 누님이 사내만 보면 눈 돌아가서 그런 걸 거고. 지금은 사고 치지 마. 임무가 먼저니까. 수상해서 따라오긴 했는데, 아무것도 없으니 오늘은 여기까지."

말을 마친 흑색 무복의 사내는 나뭇가지 위에서 자신이 주워 온 부채를 펼쳤다.

아무렇지도 않게 부채를 펼쳤던 검은 무복의 사내의 손이 살짝 떨렸다.

"정삼품 이한희의 산수화……."

검은 무복의 사내가 분노한 표정으로 말끝을 흐리자 여인이 다시 물었다.

"뭐라고?"

"이건 분명히 이한희의 그림이 틀림없어. 이걸 버린다고? 정삼품 이한희의 산수화를?"

검은 무복의 사내는 고개를 돌려 한빈이 사라진 방향을 바라봤다.

백색 무복의 여인이 말했다.

"나는 부채에 달린 옥빛 장신구가 마음에 드는데."

여인의 말에 사내는 아무렇지도 않게 부채에 달린 옥을 떼어 내어 내밀었다.

"이건 누님이 가지슈. 나는 이 그림만 있으면 되니."

"그 그림이 대단하긴 대단한가 보네."

"붓 하나로 정삼품의 벼슬에 올랐다고 해서 중원에서는 그를 정삼품으로 부르지. 살아 있는 화가 중에는 천재 중에 천재. 그런데 돈으로는 살 수 없는 정삼품의 작품을 버렸다고……? 쓰레기 같은 놈. 저런 놈은 눈여겨볼 필요는 없지,

없어. 아무것도 모르는 부잣집 망나니가 틀림없어."

사내는 한빈이 사라진 곳을 보며 고개를 흔들었다.

그것도 잠시 사내는 부채를 품속에 고이 집어넣었다.

그 모습에 여인이 말했다.

"얘야, 길거리에 떨어진 거 주워 먹는 거 아니다."

놀리듯 말하면서도 여인은 부채에서 떼어 낸 옥 장식을 품에 넣었다.

검은 무복의 사내는 여인이 못마땅한 듯 쏘아붙였다.

"지나가다가 젊은 남자라면 아무 때나 손을 뻗치는 누님이 제게 할 소리는 아니지 않습니까? 그리고 이제는 팔선의 체면을 지킬 때도 되지 않았소?"

"내가 언제 체면을 안 지켰다고 그래? 호호."

손을 흔든 여인은 그 자리에서 사라졌다.

스르륵.

검은 무복의 사내도 함께 사라졌다.

두 시진 뒤.

해가 붉은 꼬리를 물고 사라질 때 한빈과 설화는 와불이 보이는 저잣거리에 다시 나타났다.

한빈은 세수하듯 얼굴을 쓸어내리며 나지막이 외쳤다.

"휴, 십년감수했네!"

이건 반쯤은 진심이었다.

정체 모를 고수 둘과 대책 없이 맞붙는다?

그것은 한빈이 원하는 일이 아니었다.

그래서 미끼를 던져 놓고 자리를 떠난 것이었다.

그 후 기척이 느껴지지 않는 것으로 봐서는 일단 성공한 것이 틀림없었다.

하지만 반박귀진을 오랜 시간 사용하는 바람에 생긴 피로감은 어쩔 수 없었다.

한빈은 조용히 다루를 바라보며 외쳤다.

"자, 이제 슬슬 일할 시간이 됐네!"

"네, 공자님. 먼저 출발하세요."

말을 마친 설화의 신형이 자리에서 사라졌다.

물론 한빈의 모습도 그 자리에 남아 있지 않았다.

한빈과 설화가 다시 나타난 곳은 다루의 뒤뜰이었다.

설화는 약간 놀란 듯 한빈을 바라봤다.

"아까 우리 뒤를 밟았다는 고수가 여기에 있는 건 아니겠죠?"

"그건 염려 안 해도 된다. 내 느낌은 정확하니까."

"아, 느낌이요?"

이것은 설화에게도 설명할 수 없는 영업 비밀이었다.

철전에 발라 놓은 향과 떨어뜨린 부채에 묻힌 향은 달랐다.

한빈이 구별할 수 있는 천리추종향은 다섯 개가 한계였다.

이것은 전생에도 강호를 통틀어 한빈이 유일했다.

이젠 사냥개의 본능을 발휘할 때였다.

한빈은 지그시 웃었다.

"일단은 이 일에만 집중하자."

말을 마친 한빈은 마무리를 위해 분주히 움직이는 사람들을 눈에 담았다.

일부 일꾼들에게서는 일류 정도 되는 기세가 느껴진다.

이곳 다루도 평범한 곳은 아니라는 이야기.

아마도 보물을 지키려는 자의 무리가 운영하는 곳일 것이다.

뭐, 그 보물이 뭔지는 모르겠지만 말이다.

한빈은 날이 질 때까지 한 발짝도 움직이지 않았다.

설화도 특급 살수답게 기척을 죽이고 그늘에서 일꾼들이 오가는 것을 바라봤다.

뒤뜰이 완전히 어둠에 싸이자 호롱불 하나가 움직였다.

호롱불에 얼핏 비친 모습으로는 점소이였다.

점소이는 호롱불을 한빈이 있는 우물 쪽으로 비춰 봤다.

그러고는 고개를 갸웃하더니 우물 쪽으로 다가왔다.

한빈은 최대한 숨을 죽였다.

제압해야 할까?

한빈은 잠시 망설였다.

그것은 타초경사의 우를 범하는 일이었다.

한빈이 고민하는 순간 조그만 쥐가 한빈의 옆을 지나간다.

찍찍.

그 쥐를 본 점소이가 마음을 놨다는 표정으로 한숨을 쉬었다.

그러고는 주변을 둘러보더니 돌아섰다.

점소이가 향한 것은 우물의 반대쪽 구석에 붙어 있는 창고였다.

한눈에도 허름해 보이는 창고로 점소이는 발소리를 죽여가며 걸어갔다.

점소이는 다시 주변을 쓱 둘러봤다.

조심성 하나만큼은 고수라 할 수 있었다.

한참 동안 주변을 확인하던 점소이는 창고로 들어갔다.

설화가 바로 그를 쫓으려 하자 한빈이 재빨리 그녀의 소매를 잡았다.

그러고는 검지를 흔들었다.

아직 때가 아니라는 신호였다.

창고 안에 비밀 공간이 있다 한들 저렇게 조심스러운 점소이가 바로 들어갈까?

절대 그렇지 않을 것이었다.

한빈은 최대한 창고 쪽으로 귀를 기울였다.

차 한 잔 마실 시간이 지나자 한빈은 설화를 바라봤다.

창고 안의 변화를 감지한 것이다.

한빈이 설화에게 말했다.

"너는 이곳을 지켜라."

"저도 같이 갈래요."

설화가 부탁하듯 말하자 한빈이 손을 흔들었다.

"둘이서 행동하기에는 무리가 있으니, 너는 여기서 더 중요한 일을 맡아 줘."

한빈의 말에 설화가 눈을 빛냈다.

"어떤 일이요?"

"다섯 시진이 지나서도 내가 안 돌아온다면……."

한빈이 말끝을 흐리며 잠시 고민하자 설화가 물었다.

"적혈맹호대 대원들에게 알릴까요?"

한빈이 결심한 듯 말했다.

"아니, 사부님께만 알려. 다른 곳에는 절대 말하지 말고."

"네, 알았어요. 공자님."

"그럼 부탁할게, 설화야."

한빈은 그 말을 마지막으로 풀잎 밟는 소리만 남기고 사라졌다.

사사삭.

흐려지는 한빈의 그림자를 본 설화는 눈도 깜빡이지 않았다. 그녀는 조금의 실수도 안 하겠다는 표정으로 창고를 바라봤다.

한빈이 다시 나타난 곳은 창고 아래에 있는 지하 통로였다.

한빈은 기척을 최대한 죽이고 상대의 뒤를 밟았다.

일렁이는 횃불에 한 사내의 뒷모습이 보이자 한빈은 조금 속도를 늦추었다.

한빈은 통로를 살피며 조심스럽게 점소이의 뒤를 밟았다.

다행히도 통로에 별도의 기관 장치는 없었다.

조금 놀라운 것은 통로가 제법 넓다는 점이었다.

마치 군대를 동원해서 만들어 놓은 것처럼 각이 잘 잡혀 마무리되어 있었다.

통로가 무너지지 않게 대 놓은 부목들을 자세히 보면 어찌나 기름칠을 잘해 놨는지 습기에 대한 방비까지 되어 있었다.

즉, 전문가의 솜씨라는 것이었다.

한빈이 가지고 있는 전생의 경험은 제법 양이 많았다.

하지만 한빈 역시 장운현에서 이런 통로가 발견되었다는 이야기는 듣지 못했다.

한빈은 최대한 기감을 끌어올리며 점소이를 추격했다.

얼마나 따라갔을까?

점소이는 넓은 공간이 나오자 발길을 멈췄다.

그는 주위를 두리번거리더니 벽 쪽으로 다가갔다.

그리고는 벽 쪽에 달려 있는 줄을 잡아당겼다.

순간 묘한 소리가 벽 쪽에서 울렸다.

팅, 팅.

잠시 동안 소리가 울리자 점소이는 벽 쪽의 한 부분을 손으로 톡 쳤다.

순간 숨겨진 조그만 문이 열렸다.

문을 연 점소이는 그곳에서 자루를 꺼냈다.

그리고는 새로운 자루를 안에 넣어 뒀다.

그 모습을 본 한빈은 자신도 모르게 입맛을 다셨다.

와불의 손바닥에서 동전을 수거하는 방식이 상상을 초월했기 때문이었다.

점소이는 자루를 벽에 붙은 조그만 선반에 풀어 놓았다.

그리고는 자루 속에서 철전을 골라내기 시작했다.

골라낸 철전은 다른 철전과는 조금 모양이 달랐다.

한빈이 낮에 본 대로 살짝 훼손된 철전들이었다.

점소이는 그 철전을 조심스럽게 일렬로 늘어놓았다.

한빈은 기척을 죽이고 점소이의 뒤로 다가갔다.

한빈의 동작이 얼마나 은밀한지 점소이는 뒤에 누군가가

왔다는 것을 알아채지 못했다.

점소이는 계속 철전을 순서대로 배열하는 작업을 했다.

점소이는 작업이 끝나자 팔짱을 끼고 나지막이 중얼거렸다.

"그가 왔다고? 그가 왔다니!"

점소이는 대단한 정보를 받았다는 듯 계속 같은 단어를 뱉었다.

한빈은 고개를 갸웃했다.

점소이의 목소리가 달라졌기 때문이다.

점소이는 마치 노름꾼이 패를 수거하듯 철전을 쓸어 담았다.

쓱.

철전을 한 손에 쥔 점소이는 자루에 철전을 다시 넣었다.

사람들이 소원을 빌며 담은 철전과 섞은 것이다.

그 모습을 보던 한빈이 나지막한 목소리로 물었다.

"오늘은 얼마 벌었어?"

"벌다니 무슨……."

점소이는 무심코 답하다가 말끝을 흐렸다.

황급히 고개를 돌린 점소이의 눈이 커졌다.

활짝 웃으며 자신을 바라보고 있는 한빈을 발견한 것이다.

점소이가 어깨를 움찔하며 외쳤다.

"누, 누구냐!"

그 목소리에 한빈이 재차 고개를 갸웃했다.

점소이의 목소리가 다시 한번 달라졌기 때문이다.

그렇다면 목소리를 숨기고 있는 것이었다.

지금까지의 목소리도 본래의 목소리가 아닐 가능성이 컸다.

물론 지금의 얼굴도 본모습을 아닐 터.

강호에서 변장술의 천재들을 꼽으라면 꽤 많았다.

그중에는 전생의 한빈도 포함된다.

하지만, 변장술을 예술의 경지까지 승화한 것은 중원 역사상 딱 한 명밖에 없었다.

설마?

한빈이 눈을 가늘게 뜨자 점소이는 주춤주춤 뒷걸음쳤다.

한참을 보던 한빈의 눈빛이 바뀌었다.

그 눈빛이 나타내는 감정은 반가움이었다.

그것은 문득 떠오른 인물 때문만은 아니었다.

상대의 어깨 부근에서 일렁이는 점을 발견했기 때문이었다.

구결을 나타내는 점을 발견한 한빈은 재빨리 용린검법의 초식을 운용했다.

'전광석화.'

'구결십팔보.'

와불을 지키는 자

한빈이 초식을 운용함과 동시에, 점소이가 발을 굴렀다.

쿵.

그러자 점소이가 있던 자리가 푹 꺼졌다.

사라지는 신형.

한빈은 재빨리 손을 뻗으며 생각했다.

마혈?

아니면 구결?

푹!

한빈이 선택한 것은 구결이다.

한빈이 구결이 어른거리는 어깨를 찍는 순간 점소이는 아래로 사라지고 순식간에 꺼진 바닥이 닫혔다.

하지만 한빈은 기분 좋게 허공을 올려다봤다.

[용안(龍眼)으로 초식을 확인합니다.]
[인급(人級) 구결 금(金)을 획득하셨습니다.]

금(金)이라?

거기에 인급이라고?

놀람도 잠시, 기분 좋게 고개를 끄덕인 한빈은 이번에는 바닥을 내려다봤다.

다행히도 점소이는 한빈이 천리추종향을 묻혀 놓은 철전이 든 가죽 주머니를 들고 갔다.

이제부터는 향을 추적해야 했다.

한빈은 심각한 표정으로 허리를 숙이며 코를 씰룩였다.

눈도 깜빡이지 않고 바닥을 내려다보던 한빈은 자리에서 일어났다.

향기가 나는 방향을 알아챈 것이다.

그때 어디선가 작은 소음이 들리기 시작했다.

끼기긱.

뭐지?

고개를 갸웃하던 한빈의 눈에 이상한 광경이 들어왔다.

천장이 흔들리기 시작한 것이다.

끼기긱.

다시 소리가 울려 퍼졌다.

자세히 바라보니 천장이 흔들리는 것이 아니라 기울어지고 있었다.

한빈은 재빨리 벽 쪽에 있는 횃불 하나를 집었다.

그러고는 가벼운 먼지를 일으키며 자리에서 사라졌다.

사사삭.

잠시 후.

한빈이 나타난 곳은 막다른 통로였다.

길이 끊긴 대신 위쪽으로 동그란 출구가 나 있었다.

한빈은 재빨리 출구로 나왔다.

주변을 살피려는 순간 굵직한 목소리가 한빈의 귓전을 때렸다.

"누구냐?"

"……."

한빈은 아무 말 없이 사내를 바라봤다.

자취를 감춘 점소이와 전혀 관계가 없는 인물일 가능성도 있었다.

사내는 서른 중반처럼 보이는 외모에, 검집을 앞으로 내밀고 있었다.

무공의 경지는 절정.

그의 주변에는 열 명의 무사들이 검을 뽑을 준비를 하고 있다.

　순간 한빈의 코끝을 간지럽히는 향기.

　한빈의 목표는 아직 이곳에 있었다.

　그것도 아주 가까이.

　한빈이 씩 웃으며 말했다.

　"내 돈 찾으러 왔는데."

　어찌 보면 이것은 거짓이 아니었다.

　검집을 잡은 무사의 손등에 힘줄이 꿈틀댔다.

　"돈은 무슨 돈. 남의 집에 들어와서 돈을 찾는다고? 도둑
놈이 분명하구나."

　"도둑은 내가 아니라 여기 어딘가에 있을 텐데……. 내 돈
을 훔쳐 간 도둑 말이야."

　"헛소리. 감히 여기가 어딘 줄 알고 도둑질을 하러 들어온
것이냐!"

　"여기가 어딘데?"

　한빈이 고개를 갸웃하자 무사가 발끈한 표정으로 답했다.

　"정녕 네가 스스로 무덤을 찾아왔구나."

　"흠, 웬만하면 조금 친절하게 답해 주시면 좋겠는데……."

　그때였다.

　뒤쪽에서 한빈 또래의 서생 하나가 천천히 걸어왔다.

　"청명, 그만하거라."

　그 목소리에 무사는 재빨리 물러섰다.

또랑또랑한 목소리에 모두의 시선이 서생에게 쏠렸다.

서생은 천천히 걸어 한빈의 앞에 섰다.

"저는 공손가의 공손명후라고 합니다. 저희 공손가에는 무슨 일이신지요?"

"……."

한빈이 코를 만지며 고개를 갸웃했다.

앞에 공손명후라고 하는 서생에게서 미약하지만 천리추종향이 느껴졌다.

그런데 공손가라?

잠시 머릿속에 공손가에 대한 기억을 떠올린 한빈이 말을 이었다.

"혹시 파죽 공손수 선생과는 어떤 관계이신지요?"

한빈은 최대한 정중히 물었다.

파죽 공손수란 이름은 무림이 아닌 유학자들 사이에서 유명한 인물이었다.

파죽(破竹)이란, 부러질지언정 휘어지지 않는다는 그의 신념 때문에 생긴 별호였다.

한빈의 물음에 서생은 의외라는 표정으로 답했다.

"저희 할아버지십니다."

"할아버지시라고요?"

한빈의 눈이 커졌다.

공손이라는 성씨가 흔하지 않기에 물어본 것인데, 한빈이 기억하던 공손세가였던 것이다.

공손세가는 무림세가가 아닌 유림세가라 해야 맞았다.

대대로 황제의 스승을 배출해 내는 가문과 장운현에서 일어날 사건이 관련이 있다고?

전생의 기억을 더듬어 봐도 현재 상황은 이해가 안 되었다.

그때 공손명후가 물었다.

"그나저나 돈을 찾으러 왔다니, 그게 무슨 말씀이신지요?"

"누가 내 철전을 훔쳐 갔습니다."

"훔쳐 가는 걸 봤습니까?"

"봤으니 쫓았겠죠. 나는 분명히 부처님께 드렸는데 누군가가 그 돈을 훔쳐 가더군요. 그래서 뒤를 밟던 중 여기까지 오게 된 것이죠."

"철전이라……. 흔하디흔한 철전에 이름이 쓰여 있는 것도 아니고 어떻게 찾으시려고요?"

"나는 이제까지 제 것을 잃어버린 적이 없습니다. 보면 알 수 있죠."

"그럼 찾아보시겠습니까?"

말을 마친 공손명후는 손뼉을 쳤다.

짝짝!

동시에 뒤쪽에서 시녀 하나가 자루를 들고 왔다.

순간 한빈은 아연실색한 표정으로 그들을 바라봤다.

시녀가 들고 온 자루는 점소이가 들고 사라진 것과 똑같았다.

거기에 더해 자루에서 풍겨 오는 향기가 정확히 한빈이 철전에 묻혀 놓은 향과 일치했다.

그런데 아무렇지도 않게 자루를 보여 주다니?

시녀가 한빈의 앞에 자루를 내려놨다.

탁.

공손명후가 말했다.

"찾아보시지요."

팔짱을 낀 공손명후의 표정은 담담했다.

한빈은 이제까지의 일을 잠시 정리해 봤다.

이 자루를 공손세가에서 가져갔다고 해서 죄가 있을까?

그 점소이와 공손명후가 동일인이라고 해서 질책할 수 있을까?

한빈이 찾으려는 건 점소이가 아니라 정체불명의 세력들이 노리는 물건이었다.

보물일 수도 비급일 수도, 아니면 영약일 수도 있는 물건 말이다.

이제까지 상황으로 보면 그 보물은 공손세가와 관련이 있는 것이 분명했다.

그렇다면 여기서 해답을 얻어야 했다.

해답을 얻기 위해서는 이제부터 공손명후와 기 싸움을 펼쳐야 했다.

한빈은 자루를 열어 정확히 화(化) 자가 적힌 철전을 잡았다.

"제 철전이 여기 있군요."

한빈은 철전을 들어 서생에게 보여 주고는 품속에 넣었다.

아무렇지도 않게 자신의 철전을 챙긴 한빈을 본 공손명후의 고개가 살짝 기울어졌다.

한빈은 그 표정의 변화를 놓치지 않았다.

그러고는 재빨리 포권했다.

"제 물건을 찾았으니 이제 가 보겠습니다."

완벽하게 변한 한빈의 태도에 공손명후의 눈이 커졌다.

"잠시만 기다리시지요."

"아닙니다. 생각해 보니 도둑이 가져간 게 아니라, 와불의 관리인이 가져간 걸 오해한 것 같습니다. 그럼 이만……."

"관리인이라니요? 자, 잠시만 기다리세요, 공자."

어찌나 다급한지 공손명후의 목소리가 살짝 떨렸다.

그 틈을 놓치지 않고 한빈이 말을 이었다.

"당황하지 않으셔도 됩니다. 유학자라고 해서 정보 조직을 가지고 있으면 안 된다는 보장 있습니까? 황실에서는 싫어하 겠지만요."

"……."

"제가 설마 황실에 고해바치기라도 하겠습니까? 저 그런 사람 아닙니다."

한빈은 손을 휘휘 저으며 돌아섰다.

돌아선 한빈은 아무렇지 않게 대문이 보이는 곳을 향해 걸어갔다.

터벅터벅.

그때 한빈의 귓불에 바람이 스쳤다.

쓱.

한빈의 앞에 나타난 공손명후.

그는 당황한 표정을 감추지 못한 채 한빈을 바라봤다.

공손명후의 달싹이는 입술을 본 한빈이 먼저 입을 열었다.

"무영보(無影步)?"

이것은 공손명후만 들을 수 있는 나지막한 목소리였다.

"어, 어떻게……."

공손명후가 말끝을 흐리며 한빈을 바라봤다.

그 표정을 확인한 한빈이 말을 이었다.

"무인이라면 모를 수 없는 보법이죠. 그런데 명망 높은 학자의 집안에서 무영보라니……. 이건 좀 이상한 것 같습니다. 하지만, 비밀은 지키겠습니다."

한빈이 활짝 웃었다.

무영보는 구걸십팔보와 비견되는 출중한 경공술 중 하나였다.

무영보란 이름은 그림자가 보이지 않을 정도의 움직임에서 유래했다.

도둑들의 문파인 공공문(空空門)에서 일인전승으로 전해진다는 무공이었다.

물론 한빈이 전생에 무영보를 본 것은 아니었다.

전생의 기억 속 공공문은 언제부터인지 강호에 모습을 나타내지 않았으니 말이다.

한빈은 공손명후의 표정을 통해 그가 펼친 것이 무영보가 맞다는 것을 확신한 것이다.

그런데 황제의 스승이었던 공손수가 있는 공손세가에서 무영보를 익힌 자가 있다니!

이쯤 되니 한빈은 보물의 향방은 잊은 채 공손세가의 정체에 대해 호기심을 갖게 되었다.

한빈은 조금 더 공손명후를 자극하기로 했다.

"경공술도 구경 잘했습니다. 그럼 이만!"

한빈이 휘적휘적 걸어가는데 갑자기 문이 열렸다.

덜컹.

활짝 열린 대문으로 머리가 희끗한 노인 하나가 걸어왔다.

겉보기에 무인은 아닌 것 같지만, 그 기세가 평범하지 않았다.

바늘로 찔러도 피 한 방울 나올 것 같지 않게 철저히 표정을 숨기고 있었다.

거기에 더해 그의 소맷자락은 어찌나 빳빳한지 칼날이라고 해도 믿을 정도였다.

한빈은 그가 황제의 스승이었던 대학자 파죽 공손수임을 알아보았다.

한빈은 조용히 그에게 포권했다.

"공손수 어르신을 뵙습니다."

"허허, 어찌 나를 알아보았느냐?"

"대쪽 같은 성격에 대쪽 같은 복장을 하고 계시니 못 알아보면 제 눈이 잘못된 것이겠죠."

고개를 든 한빈이 보이지 않는 미소를 지었다.

그 모습에 공손수가 힐끔 공손명후를 바라봤다.

"어찌 된 일이냐? 명후야."

"아버님, 그러니까……."

공손명후는 조용히 한빈과 마주한 일을 설명했다.

물론 점소이가 아닌 공손명후로 이곳에서 한빈을 마주한 일을 말이다.

이야기를 듣고 난 공손수는 사람을 물렸다.

잠시 후.

공손세가의 구석진 정자에서 한빈과 공손명후 그리고 공손수는 김이 모락모락 나는 찻잔을 앞에 두고 서로를 바라봤다.

차를 내온 시녀의 발소리가 저 멀리 사라지자 공손수가 입을 열었다.

"왜 명후의 뒤를 밟았는가?"

"비밀입니다."

"비밀이라? 호랑이 굴에 들어오고서 비밀이라니?"

"호랑이 굴에 들어온 건 알지만, 언제든지 나갈 수 있는 굴입니다."

"나갈 수 있다고?"

"물론이죠. 호랑이 굴에 들어가도 정신만 차리면 살아 나갈 수 있는 법이죠."

"그건 헛된 희망을 심어 주기 위한 선조들의 거짓말일세."

"하하, 어르신이 그렇다면 믿어야죠. 그런데 호랑이가 조그마한 참새까지 잡지는 못하죠."

"경공에 자신이 있다는 말이군. 자네는 빠져나가지만, 자네 가문도 빠져나갈 수 있을까?"

"……."

한빈은 조용히 공손수의 눈을 바라봤다.

살기도 장난기도 그 어떤 감정도 없다.

공손수는 지금 황실에서나 할 법한 정치를 하고 있는 것이 분명했다.

정치라는 게 얻을 건 얻고 줄 것은 주는 과정.

받을 건 명확한데 줄 것은 없다는 것이 문제였다.

어색하게 웃은 한빈이 말했다.

"과연 제가 어느 가문인지 찾을 수 있을까요?"

"그럼 한번 맞춰 볼까?"

공손수의 표정에 처음으로 변화가 생겼다.

마치 하룻강아지를 바라보는 호랑이의 표정이었다.

한빈은 고개를 갸웃했다.

무림인과 마주 앉은 학자가 보일 여유는 아니었다.

공손수는 품속에서 물건을 주섬주섬 꺼냈다.

탁, 탁.

몇 가지 물건을 탁자 위에 올려놓은 공손수는 한빈을 향해
손짓했다.

마치 확인해 보라는 표정이었다.

그 물건을 본 한빈은 어색하게 웃으며 뒷머리를 긁적였다.

"당했군요. 언제 제 품에서 제 물건들을 가져가셨습니까?
어르신."

공손수가 꺼낸 물건들은 한빈의 품에 있던 물건들이었다.

공손수가 말을 이었다.

"이미 알고 있지 않았나?"

"들켰습니까?"

"내 물건도 내놓게나."

한빈은 품속에서 두루마리 하나를 꺼내 탁자 위에 올려놓
았다.

한빈이 말을 이었다.

"진짜 황실의 스승이셨던 공손수 어르신이 맞습니까?"

"그러는 자네는 정체가 뭔가? 어떻게 내 품속을 뒤진 거지?"

공손수의 표정에 다시 한번 변화가 생겼다.

이번에는 호기심이 일렁이고 있었다.

한빈과 공손수는 교묘한 금나수의 수법으로 서로의 품에서 물건을 빼냈었다.

그러고는 지금 그것들을 앞에 늘어놓은 것이다.

잠시 침묵이 흘렀다.

옆에 있는 공손명후는 이 일이 어찌 된 것인지 모르겠다는 듯 휘영청한 달을 바라보고 있었다.

그때 때아닌 바람이 정자를 쓸고 지나갔다.

휘이익.

한빈의 품속에서 꺼낸 주머니 하나가 옆으로 쓰러지며 내용물이 밖으로 굴러 나왔다.

데구르르.

그것은 한빈이 황제에게 하사받은 적혈석이었다.

순간 공손수의 눈이 커졌다.

적혈석은 절호곡에서 천산혈랑을 잡는 기연 덕분에 얻은 황실의 하사품이었다.

공손수는 십 년 전까지만 해도 황실에 있던 학자.

적혈석을 알아보는 것만 같았다.

그런데 이상한 것은 그의 반응이었다.

황제의 스승까지 했던 사람이 적혈석 하나에 이렇게 놀란다?

적어도 공손수라면 적혈석에 비견될 하사품을 수십 개는 받았을 터였다.

그런 이유로 공손수의 반응이 이상하게 느껴졌던 것이다.

한빈은 공손수의 흔들리는 눈빛을 말없이 바라봤다.

마치 시간이 멈춘 것 같은 풍경.

공손수의 눈빛에 비친 달이 어느 정도 움직였을 때야 한빈이 조심스럽게 물었다.

"어르신, 무슨 일입니까?"

"혹시 자네가 하북팽가의 사 공자인가?"

"네, 맞습니다. 그런데 왜 그렇게 놀라시는 거죠?"

이럴 때는 단도직입적으로 묻는 것이 맞았다.

한빈이 고개를 갸웃하며 공손수를 바라봤다.

공손수는 잠시 생각에 빠진 듯 눈을 감았다.

"스승님의 예언이 맞았군."

스승님의 예언이라?

생뚱맞은 소리에 한빈의 고개가 살짝 기울어졌다.

"스승님이라뇨? 게다가 예언은 또 무슨 말입니까?"

"내 스승님이 떠나시기 전에 내게 부탁 하나를 했다네. 나는 그 부탁을 들어드리기 위해 장운현에 머무는 중이고 말일세."

"……."

한빈은 계속 공손수의 말을 경청하기로 했다.

한빈이 하북팽가의 사 공자라는 것을 알아본 후 그의 태도는 확 달라졌다.

그것은 적의가 아닌 호의였다.

변복한 자신은 몰라도, 하북팽가의 사 공자라는 신분의 팽한빈에 대해서는 철저히 조사한 느낌이다.

그렇지 않고서야 저렇게 친근한 눈빛을 할 수는 없는 일이었다.

쌓여 가는 한빈의 의심에는 아랑곳하지 않고 공손수가 말을 이었다.

"장운현에서 와불을 지키고 있으면 언젠가 적혈석을 든 무림인이 찾아올 거라 했네."

"그게 저라는 말씀입니까?"

"내 생각에는 그렇다네."

공손수의 말은 단호했다.

한빈은 그의 말 중에 허점을 찾아냈다.

말을 안 한 것이 있던가?

오류를 인지하지 못하고 있던 것이 분명했다.

한빈이 상체를 기울이며 그에게 다가갔다.

그러고는 정중하면서도 은밀하게 질문을 던졌다.

"생각해 보십이오. 적혈석이 황실의 보물이긴 하지만, 황실에만 있는 물건은 아니지 않습니까?"

"그야 그렇지. 하고 싶은 말이 무엇인가?"

공손수는 한빈의 말에 무엇이든 답해 주겠다는 것처럼 손에 각지를 낀 채 턱을 괴고 한빈을 바라봤다.

그 모습에 한빈이 진중한 표정으로 말을 이었다.

"황실에만 있는 물건도 아닌데, 적혈석을 든 무림인이 장운현에 오는 게 대수입니까?"

"그런데 말일세……."

"네, 말씀하시지요."

"그 무림인을 구별하는 방법을 스승님은 가르쳐 주셨다네."

"그게 대체 뭔가요?"

"그 무림인은 꽃을 보내올 거라 했네. 검을 든 무림인이면 몰라도 꽃을 든 무림인이라면 좀 이상하지 않은가? 나는 처음에는 무림인에 꽃 하면 떠오르는 문파인 화산파에서 무사가 올 거라 생각했네."

"흠, 꽃과 무림인이면 매화에 파묻힌 화산이 생각나는 건 당연하죠."

"그런데 얼마 전에 황실에서 자네에게 적혈석을 내렸다는 소식을 듣고 설마 했네."

"네, 제가 적혈석을 받은 것은 맞지만, 저는 꽃을 보낸 적은 없습니다."

"오늘 보내오지 않았나?"

"제가 꽃을 보냈다고요?"

"명후야, 보여 주거라."

공손수는 자신의 손자에게 조용히 턱짓했다.

신호를 받은 공손수의 손자는 철전이 든 자루를 올려놓았다.

그러고는 조용히 철전을 순서대로 배열했다.

철전이 나타내는 문장은 간단했다.

　그가 도착했다.

한빈은 눈매를 좁혔다.

아까 불상 아래로 추정되는 공간에서 봤던 글자였다.

한빈이 글자에 집중하고 있을 때 공손명후가 말했다.

"아까 가져갔던 철전을 올려놔 보시지요, 공자."

"여기 있습니다."

한빈은 화 자가 적힌 철전을 올려놨다.

공손수는 한빈이 올려놓은 철전을 가리키며 웃었다.

"그 철전 말일세. 자네가 우리에게 보내온 철전이 아닌가?
내가 보기에는 분명 꽃이 맞네만은."

"아."

한빈이 잠시 할 말을 잊고 탄성을 터뜨렸다.

한빈은 진짜 꽃만 생각했지, 이런 글자를 꽃으로 받아들일지는 몰랐었다.

정자에서의 대화 이전에는 한빈이 그들에게 캘 것이 많았었다.

그런데 상황이 묘하게 돌아가고 있었다.

그들이 기다리는 누군가가 한빈이 되어 버린 상황.

한빈은 손을 휘휘 저으며 말했다.

"제가 어르신이 기다리는 사람이라면 뭐가 달라집니까?"

"건네줄 것이 있다네."

"그럼 지금 주시지요, 어르신."

한빈이 눈을 빛냈다.

그가 주겠다고 하는 것은 분명 자신이 찾는 무언가일 수도 있었다.

공손수는 작게 웃으며 말을 이었다.

"여기서는 줄 수 없다네."

"그럼 언제 줄 수 있습니까?"

"자네, 성질이 급하군. 자네에게 줘도 가져갈 수 없다네. 그러니 서두르지 말게."

"물건이 아니군요."

"눈치가 빠르군, 자네."

공손수는 활짝 웃고는 차로 입술을 적시며 고개를 들었다.

그는 한시름 놓았다는 표정으로 여유 있게 달을 바라보며 공손명후와 이야기를 나누었다.

한빈은 말없이 그들의 대화에 귀를 기울였다.

하지만 별다른 정보는 없었다.

그들이 보여 줄 것이 무엇인지는 모르겠지만, 곧 밝혀질 것이다.

공손수는 참으로 조심스러운 사람이었다.

한빈이 하북팽가의 사 공자라는 것을 철저히 확인한 후에야 정자에서 일어났다.

공손수가 안내한 곳은 공손세가의 서관이었다.

그는 삼 층짜리 전각에 평생 모은 서적을 보관하고 있었다.

공손수의 발길이 멈춘 곳은 일 층 서재의 끝이었다.

서재의 끝에는 무엇을 가리려고 하는지는 몰라도 장막이 쳐 있었다.

그 옆에는 탁자와 몇 개의 의자가 놓여 있었다.

공손수가 턱짓하자 공손명후가 조심스럽게 탁자 위에 다기를 올려놨다.

"일단 차를 마저 하면서 얘기하지."

"그러시지요, 어르신."

벽에서 세 걸음 정도 떨어진 탁자에서 한빈과 공손수 그리고 공손명후는 두 번째로 차를 우려냈다.

차향이 주변에 퍼질 때쯤 공손수가 장막을 힐끔 바라봤다.

이제는 저 장막 뒤에 물건에 대해 설명하려는 듯 보였다.

한빈이 침을 꿀꺽 삼키자 공손수가 자리에서 일어났다.

그는 장막이 쳐 있는 벽을 바라보더니 옆에 대기하고 있는 공손명후를 향해 손짓했다.

공손명후는 조심스럽게 벽면의 우측 구석으로 걸어갔다.

그곳에는 길게 드리워진 끈이 있었다.

점소이로 변장한 공손명후가 잡아당겼던 끈과 흡사했다.

공손수 쪽을 힐끔 바라보며 마지막까지 확인을 한 공손명후가 와불 밑 공간에서처럼 끈을 잡아당겼다.

동시에 장막은 아래로 흘러내렸다.

촤르륵.

장막이 떨어지자 벽면이 모습을 드러냈다.

벽면에는 선기를 품은 듯한 벽화가 있었다.

공손수는 벽화를 가리키며 말했다.

"이게 내가 말했던 물건이네."

"그림이 묘하군요. 사신도인가요?"

한빈이 그림을 가리키며 묻자 공손수가 손을 내저었다.

"사신 중에 있는 것은 용밖에 없지 않나?"

"그렇군요. 용도 지금 보니 청룡이 아니라 적룡이군요."

"그렇지. 적룡이 푸른 구름을 뚫고 나오는 그림일세. 적룡이라, 뭔가 생각나는 게 있지 않나?"

"적룡이라? 바로 생각나는 건 없습니다."

"자네가 적룡대협이라는 분의 후인이라지?"

"흠."

한빈은 자신도 모르게 헛기침을 했다.

한빈과 그 주변에 대해 세밀하게 조사한 것은 알았지만, 여기까지 파고들었을 줄은 몰랐다.

어쩐지 이들은 하북팽가 사 공자인 팽한빈에 대해서는 신뢰하던 것 같았다.

지금 한빈이 하북팽가의 사 공자라는 것에 대한 검증이 끝난 후, 그 신뢰를 온전히 받을 수 있었던 것이 분명하고 말이다.

대체 이들의 정체는 무엇일까?

단순한 유학계의 유명인사?

황실의 스승?

아니면 공공문의 구성원?

한빈의 의문 어린 눈빛에 공손수와 공손명후는 시종일관 웃음으로 답했다.

전쟁에서 등을 맡긴 전우를 대하는 듯 그들의 태도는 살가웠다.

그러면 그럴수록 한빈의 의문은 커져 갔다.

한빈의 표정을 본 공손수가 말했다.

"걱정하지는 말게. 사파의 수뇌부를 통해 알아내긴 했지만, 아는 자는 그리 많지 않으니 말일세."

"네, 알겠습니다."

한빈은 고개를 끄덕였다.

뭐, 와불을 통해 정보를 모을 정도면 하오문이나 개방에 비견되는 정보력을 가진 것이 분명했다.

이들이 아군이라는 것에 감사하며 한빈은 일단 벽화에 집중하기로 했다.

벽화는 굉장히 단순했다.

푸른 구름과 붉은 용.

가장 아래에는 붉은 용이 떨어뜨린 비늘로 추정되는 물건까지 보인다.

어찌 보면 현재 한빈의 모습을 추상적으로 나타낸 것이라고도 할 수 있다.

한빈은 이 벽화에 남들이 알 수 있는 기연이 있으리라 생각했다.

저 벽화를 남긴 인물은 하남정가와 황보세가에 안배를 남긴 인물일 수도 있었다.

기연?

안배?

아니면 미래에 대한 예언?

그 어떤 것이든 좋았다.

한빈은 이 벽화를 통해 무언가를 얻어 내고 싶었다.

눈을 가늘게 뜨고 벽화에 집중하던 한빈은 눈을 감았다.

그러고는 조용히 벽화를 손으로 쓰다듬었다.

하지만 벽화에서 느껴지는 구결의 흔적은 없었다.

한참 동안 정성껏 벽화를 쓰다듬던 한빈이 눈을 떴다.

옆을 힐끔 보니 공손수와 공손명후가 기대감 가득한 눈으로 한빈을 바라보고 있었다.

저들은 과연 자신에게 무엇을 기대하고 있는 것일까?

일단 이 벽화의 비밀을 푸는 것이 먼저였다.

한빈은 다시 자리에 앉아 공손수와 공손명후를 바라봤다.

이제 그들에게 단서를 얻어야 할 때였다.

한빈이 공손수에게 물었다.

"스승님이란 분 말입니다."

"스승님이라? 무엇을 묻고 싶은 것인가?"

"이 벽화를 남기면서 다른 말씀은 없으셨습니까?"

"없었다네. 때가 되면 연자가 알아서 저 벽화의 비밀을 풀 거라고 하셨다네."

"흠, 그럼 어르신은 연자가 저라는 것을 철썩같이 믿고 있다는 거군요."

"이 정도의 우연은 내가 아는 지식으로는 설명이 안 되니 믿어야지 어떻게 하겠나."

"일단 저는 저 벽화가 무엇을 뜻하는지를 모르겠습니다. 대체 스승님이란 분은 누구입니까? 황실의 스승이었던 어르신의 스승이라니? 저는 감도 잡히지 않습니다."

"나도 모른다네. 지금도 와불을 통해서 연락을 하시지, 얼굴을 뵌 지는 오래되었으니 말이야."

"그럼 무영보도 스승님이란 분이 전해 주신 겁니까?"

"무영보는 공손가의 비기일세."

"헉, 그렇다면 정말 공손가가 공공문의 숨겨진 얼굴이란 말입니까?"

"공공문이라? 이건 조금 다른 이야기지만, 우리가 세운 공공문은 유가의 학파 중 하나일세."

"유가라고요?"

"그렇다네. 공이란 글자가 무엇을 뜻하는 것 같나?"

"공공문은 빌 공에 문 문 자를 쓰지 않습니까? 공공문의 문도에게 모든 문은 비어 있다는 강호의 속담처럼 말입니다."

한빈의 질문은 거침없었다.

한빈의 말대로 공공문에 문파의 대문은 없는 것이나 마찬가지였다.

제집 드나드는 것처럼 남의 문파를 터는 강호의 도둑이란 의미로 공공문이라 불렸던 것이다.

그런데 아무래도 다른 의미가 있는 것 같았다.

한빈을 보며 수염을 쓰다듬던 공손수가 의미심장한 웃음을 지었다.

"그럴 줄 알았다네. 공의 참뜻은 공공(公共)에 있다네. 어찌 보면 다른 의미의 공이지."

공손수는 조금 더 확실하게 하기 위해 찻잔에 손을 넣었다 빼더니 탁자 위에 글자를 썼다.

공공문(公共門).

탁자 위에 쓴 글자를 본 한빈이 눈매를 좁혔다.

"제가 알고 있던 공공문에 그런 뜻이 있었다고요?"

한빈은 눈매를 좁혔다.

그렇다면 유가의 학파라 설명한 공손수의 말이 맞았다.

"흠, 역시 못 믿겠다는 표정이군."

공손수가 그럴 줄 알았다는 표정으로 고개를 끄덕였다.

그 후 공손수는 공공문과 공손세가에 대한 몇 가지 설명을 이어 나갔다.

설명을 다 듣고 난 한빈이 말했다.

"네, 설명 감사합니다."

"내가 해 줄 수 있는 이야기는 여기까지일세. 나머지는 자네의 능력에 달린 거지."

"제 능력이라……."

"저 벽화에 대한 수수께끼를 풀 능력 말일세. 사실 나와 내 손자는 저 벽화의 수수께끼를 풀기 위해 십 년 가까이 매달려 왔네."

"십 년이라고 하셨습니까?"

질문을 던진 한빈은 공손수와 공손명후를 번갈아 바라봤다.

한빈과 시선이 마주친 그들은 조용히 고개를 끄덕인다.

역시 한빈의 생각이 맞았던 것이다.

이들은 근본이 학자.

이 벽화를 본 순간, 호기심을 주체하지 못했을 것이다.

대학자인 공손수가 못 푼 수수께끼를 자신이 푼다?

게다가 벽화를 만져 봤지만, 용린검법의 단서는 남아 있지도 않은 상태.

한빈의 심각한 표정을 본 공손수가 손을 내저었다.

"그렇다고 오해는 하지 말게. 주인이 나타나면 편하게 건네주려고 함이었지, 저 벽화에 대한 욕심 때문은 아니었네."

"오해 같은 건 안 했습니다. 다만, 저 벽화의 비밀을 풀 수 있을까 없을까를 고민한 것일 뿐이죠. 대학자인 공손수 어르신이 십 년 가까이 못 푼 비밀을 제가 풀 수 있다고 생각하십니까?"

"나는 자네를 믿네. 그리고 시간은 앞으로도 많지 않은가?"

"뭐, 그건 맞는 말씀입니다."

한빈은 어색하게 웃었다.

이건 거짓이었다.

한빈과 그들에게 남아 있는 시간은 한 달도 되지 않는다.

앞으로 이어질 역병의 공격.

그리고 장운현은 무법 지대가 될 것이다.

그런데 한가롭게 벽화에 대해 연구하고 있으라고?

한빈은 팔짱을 낀 채 벽화와 공손수를 번갈아 봤다.

한참을 고민하던 한빈이 뭔가 결심한 듯 말했다.

"어르신께서는 저 벽화에 대한 비밀을 제가 밝혀내길 원하시는 거죠?"

"그렇다기보다는 저 벽화 자체가 자네의 것이네."

"그럼 소유권이 제게 있다는 거죠?"

"몇 번을 말했지만, 자네 것이 맞네."

"그럼 자리 좀 비켜 주시죠."

갑작스러운 한빈의 부탁 때문인지, 공손수는 한빈을 위아래로 훑어보며 속삭이는 듯한 목소리로 물었다.

"험, 이유를 물어봐도 되겠나?"

"뭐, 못 미더우시면 그냥 보고 계셔도 됩니다. 대신 조금 멀리 떨어져 계시는 게 좋을 것 같습니다."

한빈이 그 어느 때보다 사람 좋은 얼굴로 공손수를 바라봤다.

공손수는 호의 가득한 한빈의 표정을 보고는 등골을 스쳐 뼛속 깊숙이 불길함을 느껴졌다.

"흠."

헛기침하며 수염을 쓸어내린 공손수가 손자 공손명후의 소매를 끌고 조용히 서재의 문 앞으로 이동했다.

그 모습에 한빈은 자리에서 일어나 벽화를 보며 용린검법의 초식 하나를 떠올렸다.

'진룡파혼검.'

허공에 떠 있는 비급에서 마음 심의 속성이 빠른 속도로 줄어들었다.

그와 동시에 청아한 기운이 전신 혈맥을 맴돌더니 양팔을 통에 양손으로 흘러들어 갔다.

동시에 한빈은 월아를 천천히 빼 들었다.

그러고는 벽화를 보고 환하게 웃었다.

한빈은 웃는 얼굴로 마지막일지도 모르는 벽화를 머릿속에 새겼다.

한빈의 계획은 간단했다.

내가 못 먹는 떡은 남들이 먹어서도 안 된다는 것이었다.

장운현에 들어설 때 결심했던 바였다.

하지만 공손수를 만나며 살짝 흔들리기도 했었다.

그것은 벽화에 큰 기연이 담겨 있고 그것이 자신의 것이라는 데에서 오는 욕심이었다.

과욕은 항상 실수를 낳기 마련이었다.

여기까지 생각했을 때 월아가 검명을 내며 떨었다.

우우웅.

우우웅.

그 검명이 커짐과 동시에 월아의 끝에 보름달과도 같은 둥근 검기가 맺혔다.

뒤쪽에서 한빈을 바라보던 공손수의 입이 천천히 벌어졌다.

"명후야. 저, 저길 봐라. 내가 잘못 본 것이냐?"

"아, 아닙니다. 할아버지. 사 공자의 무위가 저 정도였다니 믿어지지가 않습니다. 절정에 머문 제 경지에서는 넘볼 수 없는 능력입니다."

"명후야."

"네, 할아버지."

"그런데, 저 친구는 대체 왜 저리 공력을 모으는 건지 아느냐?"

"당연히⋯⋯."

공손명후는 말을 잇지 못했다.

한빈이 월아로 겨누고 있는 곳은 자신이 십 년 가까이 애지중지 지키던 벽화였으니 말이다.

공손명후는 생각이 거기까지 미치자 본능적으로 한빈의 등을 향해서 달려들었다.

공격하려는 의도는 아니었다.

단지 말리려는 것이었다.

한빈에게 준 벽화였지만, 어찌 저 벽화가 단순한 그림이던가?

할아버지 공손수가 낙향을 한 후 모든 것을 바쳐 지킨 벽화였다.

공손명후도 할아버지와 함께 밖에서 뛰어놀지도 못하고 와불과 벽화를 지키기 위해 혼신의 힘을 쏟았다.

그런데 오늘 처음 본 하북팽가의 사 공자가 소중한 벽화를 작살내려는 것이다.

공손명후는 그것을 가만히 보고 있을 수는 없었다.

그는 무영보를 밟아 순식간에 한빈의 뒤에 왔다.

그때 뒤쪽에서 할아버지 공손수의 목소리가 들렸다.

"명후야, 멈추거라."

하지만 공손명후의 귀에는 들리지 않았다.

공손명후는 한빈의 어깨를 잡기 위해 손을 내밀었다.

그때였다.

한빈의 앞에서 거대한 기파가 쏟아졌다.

그 기파는 벽면을 덮었고 동시에 커다란 폭발음을 만들어냈다.

팡!

쿠구—쿵!

소리와 동시에 거대한 힘이 공손명후를 덮쳐 왔다.

그것은 진룡파혼검의 후폭풍.

절정의 공손명후가 감당하기에는 너무 큰 힘이었다.

거대한 힘과 부딪힌 공손명후가 뒤로 날아갔다.

팡!

공손명후는 바람에 날리는 종잇장처럼 힘없이 공중을 날았다.

그 모습에 놀란 공손수가 재빨리 달려갔다.

공손명후보다 더 완성된 무명보였다.

공손수는 손자인 공손명후가 바닥에 떨어지기 전 재빨리 그를 안았다.

팍!

공손수는 공손명후를 조심스럽게 바닥에 눕혔다.

한빈은 뒤쪽에서 일어나는 일에는 아랑곳하지 않고 벽화를 바라봤다.

자욱했던 먼지가 천천히 걷히자 한빈은 눈을 가늘게 떴다.

벽이 사라졌다면 분명히 휑한 공간 너머 외부가 보여야 했는데, 묘한 공간이 나타났기 때문이다.

한빈은 재빨리 구걸십팔보를 이용해 비밀 공간 안으로 스며들었다.

그곳에는 주먹만 한 나무 상자와 두루마리 하나가 있었다.

한빈은 재빨리 나무 상자를 품에 넣었다.

공손수가 자신의 것으로 인정한다지만, 모든 것을 공유할 수는 없기 때문이다.

안배나 기연은 다른 이가 모르면 모를수록 좋은 법이었다.

한빈이 나무 상자는 취하고 두루마리를 집어 들었을 때였다.

뒤쪽에서 기침 소리가 들려왔다.

"콜록, 콜록."

한빈이 조용히 고개를 돌렸다.

그곳에는 공손수가 입을 막고 눈을 크게 뜨고 있었다.

한빈은 그에게 다가가 미안한 표정으로 말했다.

"죄송합니다, 어르신. 솔직히 말하면 말릴 것 같아서 일단 저질렀습니다."

"미안해할 필요 없네. 자네가 솔직히 말했으면 나는 백이면 백 말렸을 테니 말이야."

한빈은 솔직한 그의 대답에 조용히 고개를 끄덕이며 두루마리를 공손수에게 건넸다.

반사적으로 두루마리를 건네받은 공손수가 다급히 말했다.

"아닐세. 이것은 모두 자네의 것이네."

"제 것이라고 해도 이 두루마리의 정체가 궁금하지 않으십니까? 어르신께서 확인해 주시죠."

"흠, 그렇다면 내가 확인해 보겠네."

공손수는 두루마리를 펼쳤다.

두루마리를 확인한 공손수의 눈은 한없이 커졌다.

옆에서는 언제 정신이 들었는지 공손명후가 다급하게 물었다.

"할아버지, 무슨 일이에요? 무슨 내용이 쓰여 있길래 그렇게 놀라시는 겁니까? 혹시 천기가 담겨 있습니까?"

"네가 직접 보거라."

공손수는 허탈한 표정으로 두루마리를 펼쳤다.

촤르륵.

풀어 헤친 머릿결처럼 펼쳐진 두루마리를 본 공손명후가 입을 벌렸다.

물론 한빈도 두루마리의 내용을 보고는 입을 딱 벌려야 했다.

　　　수고했다. 제자야.

너무도 간결한 문장이었다.

이것은 한빈이 아닌 공손수에게 전하는 글귀임이 틀림없었다.

한빈은 조용히 고개를 돌렸다.

공손수의 심정이 이해가 되었기 때문이었다.

십 년 동안 이 순간만을 기다려 왔을 텐데, 남겨진 구결이

고작 이것이라니!

한빈은 이해가 되지 않았다.

스승이란 자는 대체 어떤 사람일까?

진심으로 궁금해지는 순간이었다.

그때 공손수가 한빈의 어깨를 톡톡 쳤다.

한빈이 고개를 돌리자 공손수는 힘없이 두루마리를 내밀었다.

"여기 있네."

"아닙니다. 이건 어르신의 것 같습니다."

"아닐세, 이건 자네의 것이 맞네. 스승님은 벽화에 담긴 모든 것이 연자에게 전하라 했네."

"그렇다면 제가 맡겠습니다."

"고맙네. 이제는 자네 덕분에 쉴 수 있겠어. 이제는 여기를 떠날 때가 온 것 같군."

"장운현을 떠나려고 하시는 겁니까?"

"맞네. 북경에서 조금 더 멀리 떨어진 곳에서 후학을 양성하며 세월을 보내려 하네."

"후학이라는 것이 유학자를 말씀하시는 겁니까? 아니면 공공문의 후예를 말씀하시는 겁니까?"

"공공문이야 명후가 이을 테니, 나는 공맹의 말씀을 전해야겠지. 하하."

공손수는 마치 도를 깨달은 선인처럼 허허롭게 웃었다.

한빈은 그의 말에 동의하듯 고개를 끄덕였다.

공자와 맹자의 말씀에 공손수보다 어울리는 사람이 또 있을까?

마음먹고 후학을 양성한다면 그의 제자가 조정을 장악할지도 모르는 일이었다.

한빈은 무림을 먹고 공손수는 유림을 먹는다?

먼 훗날을 상상하던 한빈이 고개를 갸웃했다.

"어르신, 하나만 물어봐도 되겠습니까?"

"말해 보게. 자네에게 못 해 줄 이야기는 황실의 비사뿐이 없을 것 같군."

"별건 아니고, 왜 무영수를 펼치지 않으셨던 겁니까?"

이것은 당연한 의문이었다.

공손명후와 공손수는 분명히 공공문의 비기 무영보를 보여 줬다.

하지만 한빈의 품속에서 물건을 빼낼 때 쓰던 것은 무영수가 아니었다.

전해 내려오는 이야기에 의하면 공공문의 무영수는 물건을 낚아챌 때 쓰는 금나수와 적을 제압할 때 쓰는 장법으로 이루어졌다고 한다.

공손수가 보여 줬던 한 수는 공공문의 것이라기보다는 무당의 흔적이 강했다.

한빈의 질문에 공손수는 고개를 끄덕이며 답했다.

"자네의 눈이 정확하네. 무영수는 내 전대에서 사라졌다네."

"흠, 안타까운 일이군요."

한빈은 아쉬운 눈으로 그를 바라보다가 시선을 두루마리로 옮겼다.

십 년을 지켰는데 수고했다는 말 한마디로 퉁친다?

이건 강호의 도리가 아니었다.

한빈은 두루마리를 다급히 바닥에 펼친 후 눈을 감고 두루마리를 만지며 감각을 높였다.

얼마나 두루마리를 살폈을까?

용린검법의 비급이 반응했다.

[강호에 흩어진 용린검법의 전언을 획득하셨습니다.]
[확인해 보시겠습니까?]

한빈은 조용히 눈을 뜨고 고개를 끄덕였다.

이제까지의 문장과는 조금 궤를 달리하는 글귀였다.

전언이라는 단어도 처음 나오는 것이고 말이다.

분명 단순히 초식을 전하려는 것은 아닐 터였다.

동시에 용린검법의 비급 옆에 종이 한 장이 펼쳐졌다.

그것은 용린검법의 전언이 분명했다.

[연자에게 전할 내용은 두 가지입니다. 하나는 용린검법에 대한 내용이며, 다른 하나는 진룡무영수라는 초식에 관해서……]

글귀를 읽어 나가던 한빈의 눈이 커졌다.
한빈이 놀란 것은 마지막 글귀 때문이었다.

다음 권으로 이어집니다

One for all

원포올

일라잇 스포츠 장편소설

작렬하는 슛, 대지를 가르는 패스
한계를 모르는 도전이 시작된다!

축구 선수의 꿈을 품은 이강연
냉혹한 현실에 부딪혀 방황하던 중
운명과도 같은 소리가 귓가에 들어오는데……

당신의 재능을 발굴하겠습니다!
세계로 뻗어 나갈 최고의 축구 선수를 키우는
'One For All' 프로젝트에, 지금 바로 참가하세요!

단 한 번의 기회를 잡기 위해
피지컬 만렙, 넘치는 재능을 가진 경쟁자들과
최고의 자리를 두고 한판 승부를 벌인다!

실력만이 모든 것을 증명하는
거친 그라운드에서 당당히 살아남아라!